Über den Autor:

Sandro Hübner, geboren am 07. August 1991 in Görlitz. Besuchte erfolgreich die Schule und widmete sich mit 10 Jahren Kurzgeschichten, Gedichten und Vorträgen die sehr umfangreich verfasst waren. Als er 17 Jahre alt war und sich als Schriftsteller die Zeit, für seinen Ersten Roman: SAD SONG - Trauriges Lied - nahm, machte es ihn sehr großen Spaß das Schreiben. Sandro Hübner lebt mit seinem Partner in Berlin und arbeitet bereits an seinem nächsten Roman.

Vom Autor bereits erschienen: siehe Anmerkungen

SANDRO HÜBNER

FESSELNDE PSYCHO-HORROR-GESCHICHTEN

HORROR

Bibliografische Information der Deutschen Nationalbibliothek:
Die Deutsche Nationalbibliothek verzeichnet diese Publikation in der
Deutschen Nationalbibliografie; detaillierte bibliografische Daten sind
im Internet über http://dnb.dnb.de abrufbar.

TWENTYSIX – Der Self-Publishing-Verlag
Eine Kooperation zwischen der Verlagsgruppe Random House und
BoD – Books on Demand.

Herstellung und Verlag:
BoD – Books on Demand, Norderstedt

ISBN: 978-3-7407-4455-7

INHALT:

Titel	Seite
Den Wald solltest besser meiden	7
Eine Fahrkarte ohne Wiederkehr	15
Spuk im Kopf – So fühlt sich Schizophrenie an	25
Ihr Kinderlein sterbet	39
Als es regnete	45
Stimmen im Kopf	49
Kampf der Vampire	53
Der Fluch der alten Dame	63
Blutbad	91
Das Schreien	99
Der Teufel verzeiht niemals!	107
Der Lottogewinn	115
Geburtstermin	127
Der Klosterfriedhof im Schnee	139
Der Schwarze Mann	153
Die nackte Frau in der Gruft auf dem alten Friedhof	163
Ich bin dein Alptraum!	171
Die 13. Nachtschicht	177
Tote schlafen nie	189
Schrecken in der Nacht	195
Anmerkungen des Autors	201

DEN WALD SOLLTEST DU BESSER MEIDEN

Vier Jugendliche haben beschlossen in den Wald Campen zu gehen. Doch als sie eine merkwürdige Begegnung hatten, einigten sie sich dem nach zu gehen. Was sie lieber nicht machen hätten sollen . . .

Eines Abends fuhren Ted, Justin, Mandy und ich in den Wald. Wir wollten Campen gehen, das Zelt hatten wir damals neben einem Fluss aufgeschlagen. Der Fluss war vielleicht zwei Meter breit, ein Meter tief und soweit ziemlich ruhig. Wir entspannten uns und genossen die Ruhe. Alle waren gut gelaunt und wir lachten über die unlustigen Witze die Justin erzählte.

Plötzlich hörten wir ein leises rascheln und aus dem Gebüsch kam ein etwas älterer und zerbrechlicher Mann der soweit noch bei Sinnen war. Er hatte nur ein dünnes Laken an. Mandy fragte ihn ob alles ok sei, doch er sagte nur, dass wir lieber verschwinden sollen. Sie fragte wieso und er erzählte uns wie das Militär im zweiten Weltkrieg in dem Wald eine Forschungsstation aufgebaut hatten, die sie jetzt aber wieder geschlossen haben, da die Forschungen zu keinen Ergebnissen führten.

Der Mann meinte, dass sie eine neue Waffe an Menschen, oder neue Foltermethoden ausprobierten, dann verschwand er wieder genauso schnell im Gebüsch wie er gekommen war. Wir schauten uns alle mit fragwürdigen Blicken an und dachten, dass der Herr uns nur eine alberne Gruselgeschichte erzählte um uns einen Schrecken einzujagen. Vielleicht war das auch nur ein alter und verrückter Penner.

Die Dämmerung begann langsam und so machten Ted und Justin ein Lagerfeuer, das uns wärmte und Licht brachte. Einen Moment lang redeten wir über das was der komische Mann sagte. Die Neugier besiegte uns und wir packten einen Rucksack mit zwei Taschenlampen, ein Taschenmesser, was zu Trinken und ein Päckchen Kreide ein. Die Kreide brauchten wir um die Bäume und so den Weg zu kennzeichnen. Wir liefen in die Richtung aus der der Mann kam und machten alle zwei Meter ein Kreuz an einen Baum. Nach einem kurzen Fußmarsch durch den Wald machten wir vier noch kleine Späßchen was wohl in den angeblichen Bunker passierte. Mandy meinte, dass sie wahrscheinlich Zombies gezüchtet haben. Alle lachten, denn es war so unwahrscheinlich dass es schon wieder lustig war.

Auf einmal hörten wir einen Schrei und liefen sofort in die Richtung des Schreies und wir trauten unseren Augen nicht. Wir waren überwältigt, da niemand von uns an die Geschichte glaubte.

Da stand er, der Bunker, direkt vor unseren Augen. Da wir es geschafft hatten den Bunker zu finden, beschlossen wir hinein zu gehen. Der Bunker war ein Monstrum, so etwas konnten man eigentlich nicht übersehen und trotzdem hatten wir fast zwei Stunden gebraucht ihn zu finden.

Er war rechteckig und dunkelgrün gestrichen, die Farbe bröckelte schon an ein paar Stellen ab. Die Eingangstür war ungefähr zwei Meter hoch und breit und sah schwer aus. Wir liefen zur Tür und begangen sie auf zu ziehen, komischerweise war die Tür nicht verschlossen, aber genauso schwer wie sie auch aussah. Jeder musste mit anpacken. Nach kurzem ziehen an der Tür war sie auf und innen war alles dunkel, zum Glück hatten wir die Taschenlampen mit. Es roch moderig und alt. Ein bisschen so, als wäre nicht vor allzu langer Zeit ein Fuchs hier drinnen gestorben. Nach längeren umsehen fanden wir nichts außergewöhnliches, es standen nicht mal mehr alte Autos oder derartige Fahrzeuge rum. Der Bunker war leer. In diesen Moment war ich ein wenig enttäuscht. War dies doch nur eine Geschichte? Ted rief auf einmal dass er grade was gehört hatte. Hinter der Wand war anscheinend ein Gang oder etwas in der Art.

Mandy entdeckte einen kleinen Schlitz in der Mauer. Mit dem Taschenmesser entfernten wir ein paar Ziegel bis wir entdeckten konnten das dort ein Weg nach unten ging. Da hinter verbargen sich Treppen die nach unten führten. Nach dem wir runter gelaufen waren, hatten wir uns ein bisschen umgesehen. Meine Hände schwitzten und meine Augen tränten von der staubigen Luft. Es waren viele Räume wie Labore eingerichtet mit OP-Tischen. Dort lagen noch viele Werkzeuge, aber es waren keine Werkzeuge wie man sie bei einer herkömmlichen Operation im Krankenhaus brauchte, sondern solche wie man sie bei der Gartenarbeit verwendete. Diese Werkzeuge waren voller Blut, es sah noch frisch aus. Das machte uns ein wenig Angst.

Plötzlich brach ein Geräusch die Stille und wir schauten uns um, bis wir eine dünne große Gestalt sahen. Sie war gut zwei Meter vor uns, stand einfach nur da und bewegte sich nicht, trotz ihren langen, dünnen Arme und Beine. Die Arme waren länger, wie ihr Körper und dieses Ding sah zusammengeflickt aus. Als hätte man sie mehrere Male auseinander genommen und wieder zusammengeflickt. Ich war schweiß getränkt und bewegte mich nicht von der Stelle. Das tat keiner von uns. Alle waren in einer Art Schock starre. Justin lief als einziger los und erregte so die Aufmerksamkeit des Monsters. Es rannte Justin hinterher und schnappte mit seinen langen Armen nach Justin, als wäre er eine kleine Fliege die man einfach zerquetschen könnte.

Dieses Ding hielt ihn zermalmt in den Händen. Es war schwer zu sagen ob er in diesem Zeitpunkt noch lebte. Ein Anblick auf das man lieber verzichten wollte, wie er das Spielzeug eines Monsters war.

Ich dachte, dass es womöglich auf Geräusche hörte oder auf Bewegungen reagierte. So warteten wir still und voller Tränen in den Augen, bis es entmutigt mit Justin in der Kralle seine Patrouille weiter fortsetzte.

Wir schauten uns gegenseitig an und wussten sofort was wir machen mussten – raus aus dem Gebäude.

Da wir nicht wussten ob dieses Ding auf Bewegungen oder Geräuschen reagierte, hatten wir keine Worte mehr miteinander gewechselt. Es brach eine kalte und deprimierende Stimmung aus. Doch nach langen hin und her laufen in den Gängen, bis wir schon fast rannten wurde es uns klar, dass wir hatten uns verlaufen hatten. Mandy brach in Panik aus und setzte sich weinend auf den Boden. Sie meinte es ist nur eine Frage der Zeit, bis wir alle sterben. So viel Angst wie an diesen einen Abend hatte ich noch nie. Kurz darauf kam das Monster am Ende des Gangs auf uns zu und brüllte uns an mit seinem seelenlosen Gesicht. Er lief langsam auf uns zu Ted und ich versuchten mit Panik erfüllt Mandy auf du helfen, doch sie saß da und meinte nur, dass wir alle sowieso sterben würden. Wir wollten sie damals nicht sitzen lassen, aber sie stand nicht mehr auf und hatte schon aufgegeben. Das Monster fing an schneller zu laufen, fast schon zu rennen.

Ted und ich liefen langsam zurück, wir konnten uns einfach nicht von Mandy trennen, doch bevor wir alle starben, verschwanden wir lieber ohne Sie. Ted rannte schon vor und sah nicht mehr zurück, vielleicht hätte ich das auch tun sollen, einfach rennen und nicht mehr umsehen. Doch mein Gewissen biss an mir und ich drehte mich während dem Laufen um, meine Augen sahen wie das Monster Mandy wie eine Puppe nahm und sie auseinander riss. Mandy schrie voller Qual und das Blut spritzte rum wie ein Leck in einer Wasserleitung.

Niemals würde ich das vergessen.

Kurz darauf fand ich den Weg, der wieder aus dem Bunker führte. Schnell nahm ich meine Beine in die Hand und lief nach draußen. Mittlerweile war es wieder hell geworden. Die mit Kreide markierten Bäume waren nicht mehr zu finden und so irrte ich 2 Tage im Wald umher. Ohne Wasser und ohne etwas zu Essen. Bis ich zusammenbrach und einfach nicht mehr weiter gehen konnte.

Kurz darauf fand mich ein Wanderer, schnell lag mein fast lebloser und erschöpfter Körper in einem Krankenwagen und dann in einer Klinik. Die Polizei befragte mich, weswegen ich in dem Wald war. Die Wahrheit wollten sie mir nicht glauben, da niemand jemals ein Bunker im Wald gesehen hatte und man ihn auch nach längerer Suche nicht fand. Wo Ted verschwunden war und ob er es jemals aus den Bunker, oder was das auch immer das war geschafft hat ist unklar. Doch was ich weiß ist,

dass ich überlebt habe und immer daran zurück-
denken muss.

Diese Erinnerung ist jetzt ein Teil von mir.

EINE FAHRKARTE
OHNE WIEDERKEHR

Es sollte erst nur eine kurze Heimfahrt mit dem Zug werden, bis sich das Schicksal wendete und es länger als geplant dauerte. Eines Abends wollte ich spät mit dem Zug nach Hause fahren. Erst holte ich mir bei dem Ticketautomaten eine gültige Fahrkarte und setzte mich auf eine Bank. Nach langem Warten am Bahnsteig, kam endlich der Zug.

Es war heute Abend ein etwas älterer Zug, denn auf die Anzeige, wohin er fahren würde war defekt. Möglicherweise nur ein technischer Fehler, aber ich kannte diese Bahnstrecke, sie war immer gleich.

Die Züge fuhren immer dieselbe Strecke. Meine Zugfahrt dauerte zum Glück nur ein paar Minuten, weil ich unter einer starken Reisekrankheit leide. Der Zug fuhr langsam in den Bahnsteig ein, die Bremsen des Zuges hörten sich wie verlorene Seelen an, die um Hilfe schreien, wahrscheinlich nur ein Teil meiner Einbildung. So stand ich auf und stieg in den Zug ein, ohne zu bemerken wie leer er war. Keine Menschen Seele.

Ein leerer Zug.

Nun um diese späte Zeit war es nicht unbedingt ungewöhnlich, aber ein wenig komisch war es schon. Es dauerte eine Weile bis sich der Zug in Gang setzte. Da er wieder dieses quälende quietschen der Bremsen die sich langsam lösten. Keine Ahnung warum, aber sie waren lauter als sonst.

Kurze Zeit danach kam durch die Abteilungstür der Schaffner, er hatte einen starren Blick aufgesetzt. Ich holte meine Fahrtkarte heraus. Doch der Mann lief regungslos weiter, ohne mir auch nur ein Funken von Aufmerksamkeit zu schenken. Vielleicht würde er später nochmal vorbei kommen.

Der Zug wackelte komisch und kurz darauf fing es an komisch zu riechen, möglicherweise lag es an meiner Reisekrankheit die sich meldete oder zumindest bemerkbar machte. Auf einmal wurde mir schwindelig und etwas übel. es fühlte sich langsam an, als würde ich schon seit Stunden fahren. Da dies ein wenig merkwürdig war, wollte sich mein Gewissen mit einem Uhrzeitcheck beruhigen oder besser gesagt vergewissern, dass es sich nur um ein paar Minuten im Zug handelte und nicht um Stunden. Komischer weise war meine Armbanduhr stehen geblieben, sie blieb bei der Zeit stehen, als ich in den Zug gestiegen war.

Da mir meine Armbanduhr die Zeit nicht sagen konnte, nahm meine Hand instinktiv das Handy aus den Hosentaschen raus. Schnell entpuppte sich mein Handy ebenfalls als nutzloses Gerät, denn es war aus und ging nicht mehr an. Wahrscheinlich hatte das Gerät kein Akku mehr. Verzweifelt sah drehte sich mein Kopf und beobachtete sich selbst, im Spiegelbild des Fensters. Meine Haare waren durcheinander und ein wenig struppig. Es scheint heute nicht mein bester Tag zu sein.

Nach dem mich das Gefühl der Ungewissheit vielleicht doch im falschen Zug zu sitzen nicht in Ruhe ließ, beschloss ich mich in dem Zug umzuschauen.

Möglicherweise würde ich jemanden Fragen können, wie viel Uhr wir haben. Zuerst ging es den Waggon entlang bis zu der Abteiltür, als sie mit mühevollem ziehen auf ging, war es wie in einem anderen Zug zu stehen.

Nein! Dies war ein anderer Zug, um genauer zu seien eine U-Bahn. Sie schien allerdings auch schon etwas älter zu seien. Zu dem sich schon Unkraut und eine Menge Laub auf dem Boden gesammelt hatte und die Farbe der Stühle schon abgeblättert war. Trotz meines schlechten Gefühls beschloss ich weiter zu gehen. Schließlich blieb mir nichts anderes übrig. Meine Füße stapften den Gang entlang bis zu einer neuen Tür, die vermutlich noch einen Komischen Zugabteil trennen würde. Doch bevor meine Hand den griff der Tür berühren konnte, gingen ruckartig die Lichter aus.

Noch in derselben Zeit erreichte ein schrilles quietschen meine Ohren. Panisch suchte ich mir irgendwas Stabiles zum festhalten. Meine Arme hatten sich um etwas Flauschiges geschwungen. Es fühlte sich komisch an. In der Dunkelheit konnten meine erschöpften Augen nichts erkennen, so dass sich mein Körper keinen Zentimeter bewegte. Als das Licht wieder an ging, war die Tür vor mir verschwunden.

Mein Blick schwankte langsam zu meinen Händen, die sich an etwas weißem fest hielten. Ich traute meinen Augen nicht, zuerst dachte ich, dass ich mich an einer Stange fest hielt, aber jetzt das zu sehen ist sehr beunruhigend. Diese vermeintliche Stange war übersät mit Spinnenweben und – nesten.

Das schlimmste wahr, dass das drücken meiner Hände an den Spinneneiern, die Spinnen hervorrufen ließ. Sie krabbelten überwiegend und schnell auf meine Hand. Schnell zogen sich meine Hände weg und versuchten die Spinnen ab zu klopfen. Panisch schlug und strich ich überall auf meinem Körper die Spinnen ab. Mit meiner Gänsehaut und dem Ekel gegenüber den Spinnen, kam auch eine bedrohliche Kälte über mich. Es wurde unerträglich kalt, obwohl wir Hochsommer hatten. Meine Ohren hörten wie die Spinnen hinter mir leise zertreten wurden. Ruckartig schaute ich hinter mich, mit dem Gefühl beobachtet zu werden. Dort stand ein Mann, dessen Gesicht mit verbändern verhüllt war. Plötzlich stach er mit was spitzen in die Augen.

Auf einmal sah ich ein grelles Licht, dass auf mich zu kam, es war eine merkwürdige Gestalt. Sie streckte ihren Arm aus und berührte mich, auch wenn es nur leicht war, stockte mir der Atem. Ich spürte wie meine Lunge langsam einfror.

Die Kälte die bis jetzt meinen Körper bemäntelt hatte, verschwand langsam. Stück für Stück tauten meine Gliedmaßen wieder auf. Es wurde auf einmal alles hell, so hell dass meine Augen für kurze Zeit nichts mehr sehen konnte. Ich musste mir mit meiner Hand etwas Schatten, für meine Augen spenden, was aber nicht besonders viel brachte, da mein Arm nicht wusste woher das Licht kam. Doch sehr schnell fiel mir auf, dass es immer heißer wurde. Es fühle sich an, als hätten es hier über 40 Grad. Durch ein schnelles und schmerzhaftes Zwinkern fing alles um mich herum an zu brennen. Das große Feuer kam immer näher, bis mein Körper brannte, erst die Beine und dann mein Kompletter Oberkörper. Ich roch meine brennende Haut uns spürte wie sich das Feuer mühelos durchfraß.

Meine Seele war mit schmerz erfüllt, doch meine Hülle bewegte sich kein Meter. Ich schrie so laut es ging, doch es kam keiner, der mich erlöste. Plötzlich wurde alles still, meine Ohren hörten wieder das schrille quietschen. Als dieses Licht wieder verschwand, überkam mich das Gefühl der Hoffnungslosigkeit und der Kälte, doch plötzlich sahen meine Augen mein Leblosen Körper auf einem Krankenbett, das langsam rum geschoben wird. Erneut hörten meine Ohren ein quietschen, aber dieses quietschen war anders, als die anderen male.

Mein Krankenbett wurde in einen Raum geschoben, wo sich eine Stahltür und ein paar Fenster befanden. Das Fenster diente nur zur Durchlüftung, in diesem Schimmel befallenden Zimmers. Denn die Aussicht war begrenzt, man konnte nur auf eine, mit einer rot bebauter Ziegelmauer schauen. Die Wände in diesem Raum waren herunter gekommen und schrien nach einer Renovierung. Meine Arme und meine Beine waren an das Krankenbett befestigt. War das noch die Realität? Wie konnte ich mich selbst in diesem Bett liegen sehen? Mein Gesicht sah zusammengeflickt aus und hatte viele nähte.

Dazu kommen noch meine weit aufgerissenen Augen, die eine nicht unbedingt gute Atmosphäre aufbrachten.

Auf einmal kam eine Ärztin mit ihrer Assistentin in den Raum. Die Assistentin hielt eine Spritze in ihrer Hand, womit sie eine komische Flüssigkeit in die Spritze aufzog.

Sie stach damit in meinen Arm. Ich versuchte die Schrift auf der Spritze zu entziffert, doch sie sahen aus wie Hieroglyphen. Keine Ahnung was all dies zu Bedeuten hatte. Alles verdunkelte sich langsam in dem Raum und die Gesichter der Personen ebenfalls. Es sah fast so aus, als besaßen sie überhaupt keins.

Daraufhin verschwand die Ärztin mit ihrer Gehilfin hinter der quietschenden Stahltür. Es wurde wieder alles still in dem verdunkelten Raum. Die

Dunkelheit wurde immer größer und verschlang mich immer mehr. Plötzlich wurde ich an mein Körper gezogen. nun spürte ich die Matratze auf der ich lag und die Fesseln die meine Arme und Beine umschlungen. Irgendetwas tastete sich mit spitzen Krallen an meinem Bein nach oben, was es war konnte ich nicht erkennen. Doch auf einmal riss etwas mein Bein aus, als wäre ich eine kleine Ameise.

Dieses Gefühl war unbeschreiblich schmerzhaft. Es spritzte Blut auf meinen Körper, das mir signalisierte, wahrscheinlich niemals erlöst zu werden. Auf einmal sahen meine weit geöffneten Augen, zwei weitere Augen in der geheimnisvollen Dunkelheit. Sie waren giftgrün und umringt mit blutgefüllten Adern.

Diese furchterregenden Augen kamen immer näher an mein Gesicht heran und der Schatten kam ebenfalls näher heran, so dass ich den Körper oder das Gesicht dieser starrenden Augen nicht sehen konnte. Auf einmal zeigten sich spitze Zähne die vor Blut nur so trieften. Doch dieses Blut war nicht rot sondern schwarz. Dieses Biest starrte mich nun mit seinen schrillen Augen und den bedrohlichen spitzen Zähnen an. Mit jedem Zentimeter es näher an mich heran kam und sich mein Körper immer mehr mit der Dunkelheit zu sich zog, desto mehr Schmerzen verspürte ich.

Die schmerzen spürten sich wie Verbrennungen und Schnitte auf der ganzen Haut an. Schneller als mir leib ist waren diese Augen wenige Zentimeter vor meinen Augen. Noch immer spürte mein Körper, wie an ihm herum gekratzt wird. Durch seinen Blick öffneten sich meine frischen Nähte in meinem Gesicht. Die Haut schälte sich langsam. Bis es sein riesen Maul öffnete und mich mit mehreren Bissen von meinem durch Blut triefenden Kopf, endgültig verschlang. Das letzte was meine Ohren noch hörten, war ein lautes Hupen eines Zuges, verpackt mit einem grellen Licht.

SPUK IM KOPF –
SO FÜHLT SICH
SCHIZOPHRENIE AN

Hast du dich schon mal gefragt wie es ist Verrückt zu werden? Dinge zu sehen und Stimmen zu hören die gar nicht da sind? Wir geben euch einen Einblick in das Leben eines Schizophrenen Mannes, der euch seine grausame Story mit der Krankheit erzählt. Alle Namen wurden geändert.

Meine Schlafgewohnheiten veränderten sich zuerst. Über einen Zeitraum von zwei Wochen fiel es mir zunehmend schwerer einzuschlafen. Für mich als 24-jährigen jungen Mann mit einem ordentlichen Hasch-Vorrat war das bisher kein Problem gewesen. Es war merkwürdig. Ich legte mich nachts hin und war einfach nicht in der Lage, mein Gedankenkarussell anzuhalten. Meine Gedanken waren wie Ranken, sie wuchsen übereinander und verhedderten sich ineinander, wie eine große Wand mit Efeu. In manchen Nächten zog ich mir die Decke über den Kopf, vergrub mein Gesicht in meinen Händen und flüsterte „Haltet. Die. Klappe."

Irgendwann konnte ich schließlich einschlafen, doch nach dem Aufwachen fühlte ich mich seltsam. Als ob ich vergessen hatte, etwas zu tun oder jemandem etwas zu sagen. Ich hatte auch nicht so viel Hunger wie sonst zu dieser Tageszeit. Normalerweise stürmte ich immer in die Küche, sobald ich nur die Augen öffnete, um mir dort eine riesengroße Schüssel Cornflakes zu verdrücken. Stattdessen wachte ich jetzt jeden Morgen mit einem flauen Gefühl im Magen auf. Trotzdem habe ich weitergemacht wie bisher. Ich dachte mir, ich müsste bloß für eine Weile mit dem Hasch aufhören. Daran lag es wahrscheinlich. Aber ich machte mir keinerlei Sorgen. Wollte es einfach probieren und das Leben genießen.

Weiterhin ging ich zur Arbeit (ich arbeitete bei einem Weinhändler) und versuchte, die nächtlichen Episoden zu verdrängen. Ich kam ganz gut durch den Tag, wenn auch etwas übernächtigt. Erst jetzt, im Nachhinein, erkenne ich, dass ich damals schon Schwierigkeiten mit den einfachsten Gesprächen gehabt habe.

Wenn mein Chef mir auftrug, eine Lieferung zu überprüfen, dauerte es immer ein paar Sekunden, bis ich verarbeitet hatte, was er zu mir gesagt hatte. Es war, als würden zwei oder drei Menschen gleichzeitig sprechen. Ich hatte Schwierigkeiten, eine klare Anweisung herauszuhören. Morgens die Lieferscheine zu betrachten und daraus schlau zu werden, war wie der Versuch, einen Baum im Nebel auszumachen nicht unmöglich, aber schwierig.

Ich nahm alles wie durch einen Nebel war. Mir kam es dauernd so vor, als würden Sachen gleich umfallen und ich schaute z. B. auf ein Regal und hatte den Eindruck, dass eine oder zwei Flaschen gleich umkippen würden. Ich schaute weg und guckte wieder hin und alles war in Ordnung. Es kam mir auch dauernd so vor, als ob das Telefon klingeln würde obwohl wir gar kein Telefon im Warenlager hatten. Ich geriet immer noch nicht in Panik. Wenn jemand fragte, ob es mir gut ging, antwortete ich einfach, dass ich in letzter Zeit schlecht schlief. Schlafmangel kann seltsame Sachen auslösen.

Ein Arbeitskollege gab mir amerikanische Schlaftabletten zum Ausprobieren. Eine Weile lang halfen die auch, nur dass mein Kopf sich nach dem Aufwachen anfühlte, als wäre er mit Watte gefüllt. Ich ging nicht mehr in den Pub und hörte auch auf, Fußball zu spielen. Ich wollte nur noch schlafen. Gespräche waren einfach zu anstrengend.

Von dieser anfänglichen Schlaflosigkeit an dauerte es noch etwa zwei Monate, bis mir der Gedanke kam, dass etwas definitiv nicht mit mir stimmte. Die nächtlichen Gedankenkraken, wie ich sie irgendwann nannte, wurden immer bizarrer. Wenn der Fernseher lief, konnte ich manchmal nicht mehr zwischen den Geräuschen unterscheiden, die aus dem Fernseher kamen, und denen, die ich in meinem Kopf hörte. Es war beängstigend. Eines Nachts, als ich mir gerade Homeland (ausgerechnet diese Serie) anschaute, hatte ich eine Panikattacke.

Zumindest dachte ich zu der Zeit, dass es eine Panikattacke war. Ich wusste, was eine Panikattacke war, weil eine meiner Ex-Freundinnen an Panikattacken litt. Einmal musste sie sich im Kino auf den Boden legen und tief ein- und ausatmen, um nicht mehr würgen zu müssen. Es war schrecklich, das mit anzusehen. In jener Nacht jedoch fing ich an, vor Kälte zu zittern, obwohl meine Haut glühte. Meine Beine zitterten unter der Bettdecke, während sich eine Kakofonie in meinem Kopf ausbreitete. Es war, als würde sich eine Gruppe von Menschen neben meinem Kopfkissen unterhalten. Nichts Dramatisches, nur eine stete, verwirrende Geräuschkulisse. Im Schein des flackernden Fernsehbildes verlor ich langsam den Verstand.

Ich schlief die ganze Nacht nicht. Ich fühlte mich wie gelähmt. Meine Schlafzimmertür war zur Grenze meiner Welt geworden, wie die Kulisse, in die Jim Carrey am Ende von „Die Truman Show" rudert. Die Geräusche kamen in Wellen, doch es fühlte sich so an, als ob jemand-oder etwas-

meinen Körper und Geist ausgetauscht hätte. Das war nicht mehr ich, der zu große Angst davor hatte, ins Badezimmer zu gehen, und sich deshalb entschied, in ein Trinkglas zu pinkeln und dabei alles zu verschütten. Das war nicht ich, der Bettzeug und Laken auf den Boden warf, weil er sich nur völlig nackt auf der bloßen Matratze wohl fühlte. Das war nicht ich, der sich die Spitze eines Teppichmessers in die Ferse rammte, in dem Versuch, der Verzweiflung ein Ende zu setzen. In diesem Zimmer, als die Sonne aufging und mein Wecker klingelte, dachte ich nur noch: „Ich will zu meiner Mama."

Glücklicherweise war sie nur ein Stockwerk entfernt. Ich war noch nicht von zu Hause ausgezogen ich konnte es mir noch nicht leisten. Ich rief meine Mutter an, weil ich dachte, meine Eingeweide würden herausfallen, wenn ich mein Zimmer verließ. Ich war wirklich fest davon überzeugt, dass mein Schädel in seine Einzelteile zerfallen und meine Gedärme aus mir herausfallen würden wie ein Eimer Schweinefutter, wenn ich die Türschwelle meines Zimmers überschritt und in den Flur ging. Sie ging ans Telefon und sagte so etwas wie „Meine Güte, Daniel*. Hör mit dem Unsinn auf". Ich fing an zu weinen. Ich schluchzte wie ein kleiner Junge und hörte, wie sie das Telefon auf den Boden fallen ließ.

Sie rang nach Luft, als sie mein Zimmer betrat. Ich kann mich nicht daran erinnern, aber scheinbar hatte ich alle meine Fernbedienungen zerlegt (ich hatte vier davon), sodass meine Matratze übersät war mit kleinen Leiterplatten, Urin und Blut (von meiner Ferse). Ich saß in meiner Hose da, weinte und erzählte meiner Mutter, dass jemand von mir

Besitz ergriffen hätte. Sie rief einen Krankenwagen.

Ich kann mich nicht daran erinnern, aber als der Krankenwagen ankam, dachte ich anscheinend, dass die Sanitäter Fotos von mir machten. Ich wurde wütend und versuchte, sie zu boxen. Ich schrie einen von ihnen an. Ich schrie, es sei gegen das Gesetz, Fotos von mir zu machen, und dass ich Rechte hätte. Das alles, während ich in einem Paar triefender Boxershorts da saß und eingetrocknetes Blut auf meinem Bein hatte.

Von der Fahrt im Krankenwagen weiß ich nur noch, dass meine Mutter meine Beine festhalten musste. Sie erzählte mir aber, ich habe geschrien, dass ich nicht auf die Autobahn will, weil sich Menschen in den Blitzgeräten verstecken. Meine Erinnerungen an die Notaufnahme bestehen aus bunten Fetzen aus Nadeln, sanften Stimmen und der Fixierung meiner Gliedmaßen.

Das, was ich euch oben beschrieben habe, wird als psychotischer Schub bezeichnet. Es ist beispielhafte für akute Schizophrenie-die Krankheit, die bei mir diagnostiziert wurde. Psychose wird definiert Verlust des Wirklichkeitsbezugs. Es kann plötzlich passieren oder langsam vor sich hin schwelen und dann auf ein Mal emporlodern. So ist es bei den meisten, die Schizophrenie entwickeln. So ist es bei mir gewesen. Ich kam für anderthalb Wochen ins Krankenhaus und wurde sofort auf antipsychotische Medikamente gesetzt. Aus dieser Zeit weiß ich nur noch, dass mir häufig übel war und ich es anstrengend fand, mit anderen Menschen zu sprechen. Ach, und außerdem dass der Typ im Zimmer nebenan sich dauernd absichtlich in die Hose gemacht hat. Der Gestank war wie der Tod, den ich in meinem Gehirn fühlte. Es war einfach nur penetrant.

Ich erinnere mich an den Tag, an dem ich meinen Weg zurück in die Realität fand, als die neuen Medikamente anfingen zu wirken und ich mich nicht mehr nur unter den Bettdecke verstecken und schlafen wollte. Mein Bruder besuchte mich zusammen mit meiner Mutter (sie kamen jeden Tag, aber sprachen meistens nur mit den Ärzten und den Krankenschwestern, weil ich nicht in der Lage war, mit irgendjemandem zu sprechen). Wir schauten uns drei Folgen Breaking Bad an, auf einem iPad im Besucherzimmer. Meine Mutter hielt es mit einer Hand auf ihren Knien und streichelte mit der anderen meinen Nacken. Ich lachte über etwas, das Saul gesagt hatte, und hatte den Eindruck, dass es bergauf gehen könnte. Es fühlte sich an, als ob die Vorhänge vor der Person, die ich war, zugezogen worden waren und jetzt langsam anfingen zu flattern. An dem Abend aß ich eine ganze Mahlzeit. Kartoffelpüree wird für mich nie wieder selbstverständlich sein.

Der Weg zu meiner Genesung war steinig. Wenn ich mich daran erinnerte, was in den vergangenen Wochen passiert war, bekam ich Panikattacken, die an meinen Kräften zehrten. Das Personal in der Psychiatrie in meinem Krankenhaus war super-na ja, außer ein paar Krankenschwestern, die mich wie ein kleines Kind behandelten. Das habe ich gehasst. Nachdem ich nach Hause entlassen worden war, besuchte mich einmal die Woche ein Sozialarbeiter. Er warf ein Auge auf meine Medikamente, sprach mit mir über meinen Alltag und ermutigte mich dazu, mit meiner Mutter spazieren zu gehen und wieder mit meinen

Freunden zu sprechen. Bisher war es mir zu peinlich gewesen und außerdem dachte ich, dass sie es nicht verstehen würden. Oder, schlimmer noch, mich als Geisteskranken abschreiben würden. Ich hatte mich geirrt.

Mein bester Freund Sam erzählte mir, er habe sich solche Sorgen um mich gemacht, dass er nachts selbst nicht mehr hätte richtig schlafen können. Dieser Idiot. Einer nach dem anderen fing wieder an, mir zu schreiben. Ich glaube, sie hatten Angst, das Falsche zu sagen. Sobald ich wieder auf den Beinen war, wollten sie wieder mit mir Fußball spielen gehen. Es war erstaunlich, wie reif sie sich alle benahmen.

Das Psychiatriepersonal organisierte ambulante Therapiesitzungen mit einem ziemlich geradlinigen Mann namens Gregg. Die Antipsychotika wirkten eine Zeit lang sedierend und häufig fühlte ich mich, als ob ich durch Melasse waten würde. Dafür war mein Geist so ruhig wie seit Monaten nicht mehr. Gregg half mir dabei zu begreifen, was mit mir geschehen war, und brachte mir Techniken bei, mit deren Hilfe ich die Panik unter Kontrolle bekommen konnte, die die Erinnerung an die Nacht auslöste, in der ich übergeschnappt war (Gregg sagte, es sei nicht hilfreich zu sagen, ich hätte den Verstand verloren der Verstand war ja noch da, er sei bloß krank geworden). Er brachte mir bei, nicht ständig Angst vor einem Rückfall zu haben, und hielt mich dazu an, mich wieder mit meinen Freunden zu treffen. Er erklärte mir, dass sich unser Gehirn verändere und die Medikamente auch weiterhin wirken würden. Ich müsse aber realistisch sein und akzeptieren, dass ich krank war.

Alles, was ich brauchte, war Zeit.

Das Akzeptieren war tatsächlich das schwierigste. Frustration und Angst liegen gefährlich nah beieinander. Meine Mutter zwang mich dazu, jeden Nachmittag für mindestens eine Stunde spazieren zu gehen. Auf halber Strecke gab sie mir eine Aufgabe (ich sollte z.B. Milch oder Butter kaufen gehen) und ließ mich dann allein. Wenn ich anfing, über alles nachzudenken, blitzten häufig Gedanken in meinem Kopf auf: „Verdammt noch mal, wieso kannst du eigentlich nicht normal sein?" Ich musste dann anhalten, tief durchatmen und laut zu mir selbst sagen: „Ich bin normal. Ich bin bloß krank geworden und nehme mir gerade eine Auszeit."

Sechs Wochen nachdem ich aus dem Krankenhaus entlassen worden bin, besuchte ich wieder meine Freunde. Ich fühlte mich zwar immer etwas unwohl, wenn der Fernseher zu laut war oder alle durcheinander redeten, aber das sagte ich dann auch. Niemand machte sich über mich lustig. Es bemitleidete mich auch niemand, was wirklich großartig war. Wenn einer von ihnen krank geworden wäre, hätte ich mich wahrscheinlich wie eine Glucke benommen und dauernd gefragt, ob es ihm gut gehe.

Nach zehn Wochen fing ich an, halbtags zu arbeiten. Mein Chef hätte nicht verständnisvoller sein können. Als ich ins Krankenhaus kam, rief er meine Mutter an, um ihr zu sagen, dass ich wieder anfangen könne zu arbeiten, sobald er mir wieder besser ginge, und dass ich es langsam angehen lassen könne. Anfangs machte mich das wütend. Ich war 25 (meinen Geburtstag hatte ich von Medikamenten benebelt damit zugebracht, einen Friends-Marathon zu gucken) und nicht 60 und ich wollte genauso behandelt werden, wie vorher, wenn ich wieder zur Arbeit kam. Es dauerte eine Weile, bis ich das Mitgefühl der anderen annehmen konnte und es nicht als Geringschätzung meiner Person wahrnahm.

Wieder arbeiten zu gehen war das Beste, was ich hätte tun können. Eine Routine zu haben, Menschen, mit denen ich mich unterhalten konnte, und Aufgaben, die ich erledigen musste, war therapeutisch wertvoll. Manchmal gab es Tage, an denen ich völlig verängstigt aufwachte. Ich brauchte dann mehrere Stunden, um zu duschen und das Haus zu verlassen. Glücklicherweise kritisierte mich niemand dafür. Ein paar Mal rief ich Gregg von der Arbeit aus an, denn manchmal war es befremdlich, mich an dem Ort aufzuhalten, an dem ich das erste Mal den Bezug zur Wirklichkeit verloren hatte. Ich konnte Gregg zwar nicht immer erreichen, aber manchmal reichte es schon, ihm eine Nachricht zu hinterlassen. Schließlich sagte er mir, wir könnten unsere Sitzungen einstellen er würde mir zutrauen, die Techniken zur Aufarbeitung meiner Gedanken nun allein anwenden zu können.

Inzwischen ist ein Jahr vergangen ohne dass ich einen Rückfall erlitten hätte. Ich werde weiterhin meine Medikamente nehmen müssen, aber das ist schon in Ordnung. Ich habe so gut wie keine Libido (obwohl ich immer noch eine Erektion bekommen kann) und habe auch etwas zugenommen, aber das ist alles ein kleiner Preis für geistige Klarheit.

Ich wollte diese Geschichte niederschreiben, weil die Diagnose Schizophrenie-bevor ich selbst erkrankte für mich einem Todesurteil gleichkam. Wenn man davon hört, dass jemand an Schizophrenie leidet, stellt man sich häufig Gummizellen vor, in denen jemand sich hin und her wiegt und einer zweidimensionalen Zukunft voller Gespräche unter Medikamenteneinfluss und speichelnasser Kissen entgegensieht. Man stellt sich eine Zukunft voller Stimmenhören und Halluzinationen vor. Das hat aber nichts mit der Wirklichkeit zu tun-vorausgesetzt Schizophrenie wird früh erkannt und richtig behandelt. Dann kann man sich sehr gut von akuter Schizophrenie erholen. Genauso wie von jeder anderen psychischen Erkrankung.

Ich bin realistisch was meine Prognose angeht. Vielleicht werde ich irgendwann einen Rückfall erleiden. Diese Aussicht ist deprimierend, aber da ich jetzt weiß, dass ich wieder genesen kann, ist sie nicht mehr so angsteinflößend. Ich arbeite wieder, komme unter Leute, halte mich fit und spiele Fußball-so wie ich das vor einem Jahr auch gemacht habe. Ich war sogar im Urlaub. Ich bin noch nicht bereit dazu, von zu Hause auszuziehen, aber das hat vielleicht mehr mit meiner Faulheit zu tun als mit meiner Krankheit.

Der beste Ratschlag, den ich jemandem geben kann, der ungewöhnliche psychische Symptome an sich feststellt, ist, mit jemandem darüber zu sprechen. Irgendjemandem. Tragt es nicht mit euch herum. Geistige Erkrankungen unterscheiden sich nicht von körperlichen, sie betreffen bloß ein anderes Organ: unser Gehirn. Habt auch keine Angst davor, bei der Arbeit um einen freien Tag zu bitten oder eurem Chef zu sagen, dass es euch nicht gut geht. Wenn ich jetzt zurückblicke, dann weiß ich, dass ich noch halbwegs einen Bezug zur Realität hatte, als ich bei der Arbeit akustische Halluzinationen hatte. Da hätte ich mich an jemanden wenden müssen. Wenn es um eure geistige Gesundheit geht, dann darf Scham keine Rolle spielen. Wir sollten genauso gut auf unsere psychischen Symptome achten wie wir auf unsere körperlichen achten. Sich so zu verstellen, dass niemand etwas mitkriegt, so wie ich das sogar vor meiner eigenen Mutter geschafft habe, ist nichts, worauf man stolz sein sollte.

Wenn ihr das Gefühl habt, dass ihr von der Rolle seid, dann sprecht mit eurem Arzt. Bittet um einen kurzfristigen Termin. Auch wenn ihr das Gefühl habt, dass es sich albern anhört, oder dass es bestimmt wieder vorbeigeht: Das Beste, was ihr tun könnt, ist, mit jemandem darüber zu sprechen, wie es euch geht. Ich wurde als psychiatrischer Notfall behandelt und wie wir alle wissen, ist unser Gesundheitssystem in Notfällen ziemlich gut aufgestellt. Ich weiß nicht, wie es für andere war, die nicht dieselben Symptome hatten wie ich (ich habe alle möglichen Horrorgeschichtenüber schlechte und verspätete Behandlung gelesen und die Reformen die unser Vizepremierminister Nick Clegg im Bereich Psychiatrie angekündigt hat, sind längst überfällig). Was ich aber weiß, ist, dass es nichts Schlimmeres gibt, als niemandem davon zu erzählen, wie schlecht es euch geht. Die Menschen um euch herum werden immer viel verständnisvoller sein, als ihr glaubt.

Wir leben im 21. Jahrhundert. Psychische Erkrankungen dürfen kein Tabuthema und kein Stigma mehr sein. Wenn wir Veränderungen bewirken wollen, müssen wir bei uns selbst anfangen.

IHR KINDERLEIN STERBET

Schottland, im Jahre 1745

Ein Junge Namens Geoffrey MacDoul, ging ziellos durch den Wald. Er hatte Hunger und seine Beine und Füße taten ihm weh. Er war auf der Flucht, auf der Flucht vor seinem eigenen Vater. Geoffrey war der Einzige Zeuge, der gesehen hatte, wie sein eigener Vater einen kleinen Jungen erschlug. Hätte jemand davon Wind bekommen, hätte man den alten Kirk MacDoul hängen lassen. Nun wollte der Vater auch seinen Sohn töten, aus Angst er könnte ihn verraten.

Dann wurde Geoffrey schwarz vor Augen. Nach mehrerem hin und her taumeln, verlor er das Bewusstsein und viel zu Boden – er erwachte nie mehr wieder.

Er stand auf dem Podest und blickte in die Menge. Alle zeigten mit den Fingern auf ihn und bewarfen ihn mit faulem Obst und rohen Eiern. „Kindermörder, mögest du in der Hölle schmoren", riefen sie. Kirk spürte die raue Umarmung des Strickes.

„Noch einen letzten Wunsch du Schwein?", rief der Henker und die Menge tobte.

„Hängt ihn endlich, hängt ihn endlich", schrien sie.

Und bevor der Hocker unter seinen Füßen weggestoßen wurde, schwor er ihnen eines Tages wieder zu kommen und das Leben ihrer Kinder zu stehlen, um damit selber wieder zu leben.

Dann wurde der Hocker weggestoßen, sein Genick war sofort gebrochen. . Die Menge jubelte, keiner bemerkte den Schatten, der von ihm löste und im naheliegenden Wald verschwand . . .

Der Wald war dunkel, die Bäume alt, das Leben ewig. Der Schatten ging umher, schlich an den Bäumen vorbei, ohne jegliche Geräusche. Der Wind brauste durch die Blätter, der Mond stand voll am Himmel. Alles war, so wie es immer war, von weitem brannte Licht der Naheliegenden Häuser. Noch nicht alle waren zu Bett gegangen. Der Schatten schlich an eines der Häuser heran und blickte durch das Fenster.

Eine Frau mit einem Kleinkind, beide im Nachthemd lagen auf dem Bett. Die Mutter las dem Kind aus einem Buch vor und streichelte dabei zärtlich über sein Haar. Dem Kind fielen langsam die Augen zu. Eine Weile kämpfte es noch damit, sie offen zu halten, aber nach einer Weile siegte die Müdigkeit und das Kind schlief ein. Die Mutter gähnte, blickte zu ihrem Schützling und bemerkte, dass er eingeschlafen war. Sie erhob sich vom Bett, deckte das Kind zu, gab ihm einen Kuss auf die Stirn und löschte das Licht. Dann verließ sie den Raum.

Nun war das Kind alleine. Auf dem Gesicht des Schattens war ein Grinsen zu erkennen. Er sah das Kind in seinem Bettchen liegen, wie das Leben nur so durch es lief. Sein Brustkorb erhob sich vom Ein- und Ausatmen, und das faszinierte den Schatten so sehr. Wie ein Geist betrat er das Zimmer, indem er einfach durch die Mauer hindurch ging. Er beugte sich über das schlafende Kind und legte seine kalten knochigen Finger auf des Kindes Stirn. Seine rosa zarte Haut veränderte sich binnen Sekunden. Sie wurde furchtbar blass, bis das Kind da lag, als wäre sie fast unsichtbar, fast wie ein Geist, denn man konnte das blaue Bettlaken unter seinem Nachthemd erkennen. Es war, als stände man vor einem Fenster. Nach wenigen Minuten, war von dem Kind nichts mehr übrig, es war verschwunden. Oder war es doch noch da? Irgendwo anders?

Der Schatten verließ den Raum auf demselben Weg, wie er ihn betreten hatte und schlich zurück in den Wald. Für heute hatte er genug Energie getankt. Einmal wieder war er dem Nichtsein entronnen. Doch wie lange würde das noch andauern? Vielleicht einige Tage, maximal eine Woche. Dann würde er wieder auf die Jagd gehen müssen, auf die Jagd nach Kinderleben...

ALS ES REGNETE

Es regnete. Es regnete schon seit einer Ewigkeit. Der Regen strömte nur so von den vielen Dächern der Stadt. Das herabfallende Wasser war kalt und sammelte sich in großen Pfützen auf der grauen, leeren Straße.

Die Regentropfen, die auf der Oberfläche der Pfützen auftrafen, gingen rasch mit einem Platschen in diese über. Der Regen schien endlos zu sein und die graue, verschwommene Welt zeitlos. Wieder und wieder trafen weitere Regentropfen auf die, in Pfützen stehende, menschenleere Kreuzung. Von Autos war weit und breit schon seit Stunden nichts mehr zu sehen.

Einige der Pfützen auf der Straße färbten sich langsam rot. Ein tiefes, dunkles Rot, welches in der Pfütze das schwache Licht einer vereinzelten Straßenlaterne spiegelte. Ich konnte darin auch mein Spiegelbild erkennen. Es war verzerrt und furchteinflößend. Gerade so als wäre dort ein vollkommen anderer Mensch, der mich hasserfüllt ansah.

Und doch konnte ich ein Lächeln auf seinen Lippen erkennen, ein Lächeln wie das eines Geisteskranken. Dieses Spiegelbild hatte den Kopf leicht zur linken Schulter geneigt und starrte mich weiter, unaufhörlich an. Mit hasserfülltem Blick. Ich sah auf meine Hände, Blut klebte an ihnen und auf dem Boden neben der Pfütze lag ein Messer mit scharfer Klinge, ebenfalls blutverschmiert.

Auf der entgegengesetzten Seite der Blutlache lag ein Körper. Die Person war offensichtlich tot, denn es fehlten Hände und Füße. Außerdem befand sich eine große, tiefe Wunde im Bauch des Opfers, aus dem immer noch in Massen Blut quoll. Der Kopf der Leiche war weit verdreht und die Augen schienen zu fehlen. Sie lagen in der Blutlache. Es war wahrlich ein Meisterwerk und ich sah zu, wie sich auch die anderen, umliegenden Pfützen in diesem wunderschönen rot färbten. Meine Haare waren völlig durchnässt und der kalte Regen lief mein Gesicht herab. Auch meine blutverschmierte Kleidung war schon durchgeweicht und als ich wieder in die blutrote Pfütze sah und mein Spiegelbild betrachtete, grinste ich erneut schief und breit und neigte meinen Kopf soweit zur linken Schulter, dass ein lautes Knacken zu hören war.

Ich fing auf einmal laut an zu lachen und planschte im Blut des Toten herum, ich war so stolz auf mein Werk! Mir kam plötzlich der Gedanke, dass noch irgendetwas fehlte und nahm die scharfe Klinge zur Hand, mit der ich ein Grinsen, wie meines, in das angsterfüllte Gesicht meines Opfers schnitt, wobei ich den verdrehten Kopf ein Stück zu mir drehen musste, ohne ihn dabei abzureißen. Nun sah er viel glücklicher aus.

Der Regen fiel unendlich zu Boden, während mein stechender Blick, kalt und hasserfüllt auf der Oberfläche der Pfütze wiedergespiegelt wurde und mein Gesicht abscheulich wie das eines Monsters im ewigen Regen verzerrt wurde. Und immer wenn es regnet schaffe ich ein neues, meisterhaftes Werk, während ich im Regen stehe und diesen genieße.

Immer wenn es regnet…

STIMMEN IM KOPF

Hörst du sie auch, diese Stimmen in deinen Kopf? Immer wenn ich aufwache beginnt der Albtraum . . .

Ich will nicht aufstehen, will lieber im Bett, in Sicherheit bleiben. Doch ich muss, denn bald beginnt die erste Vorlesung. Mein Arzt kennt mittlerweile meine komplette Geschichte. Immer wieder sagt er mir, dass ich nichts habe. Ich glaube ihm kein Wort! Warum schmerzt sonst meine Brust? Wieso fühlt sich mein Kopf dann so an, als würde er zerspringen? Nein, das ist wahrlich keine Einbildung. Er weigert sich doch nur, mich zu behandeln.

Mit zitternden Schritten betrete ich die Bahn. Stimmen dröhnen in meinem Kopf. Sie lachen, sie lachen lauthals über mich. Ich will mir die Ohren zu halten, um mich zu schützen. Ein Mann starrt in meine Richtung. Sein Blick durch bohrt mich förmlich. Ich hoffe nur, dass er an der nächsten Haltestelle aussteigt.

Erneut dieses Zittern, was über meinen Körper die Kontrolle gewinnt. "Nächster Halt Universität." Hier muss ich aussteigen. Ich bemerke, dass mich der Unbekannte immer noch anstarrt. Er frisst sich nahezu in meine Seele. Ich will nur noch weg! Beinahe rennend mache ich mich auf dem Weg zum Hörsaal. Ungefähr 400 Augenpaare. Sie alle sehen zu mir. Über was reden sie? Ich schwitze und finde einen Platz neben einem Mädchen, was ich nie zuvor gesehen habe. "Versager", flüstert die Stimme. "Es ist ohnehin alles sinnlos. Du wirst scheitern, wie so oft." Die Gesichter nicken. Selbst der Professor deutet mit dem Finger auf mich. Er sagt etwas wie "hoffnungsloser Fall". Der gesamte Saal lacht lauthals.

Ich will fliehen. "Wusste ich es doch", schreit er mir nach, als ich durch die Tür renne. Ein Raunen folgt mir. Wo kann ich sicher sein? Selbst auf der Straße verfolgen sie mich. Dies ist mein Fluch... Werde ich jemals die Dämonen besiegen können? Oder kommt der Tag an dem ich endgültig verliere?

KAMPF DER VAMPIRE

Die Gasse war lang und dunkel. Im Grunde genommen ideal. Er hatte sich hinter einer Mülltonne versteckt. Es stank bestialisch nach faulem Essen und schimmligen Obst, aber der Preis, denn er für dieses Unterfangen bezahlte, war mehr als einfacher Wert. Er war köstlich. Zum Anbeißen.

Das Theater würde seine Vorführung um Punkt elf beenden. Dann würden die Leute aus dem Gebäude stürmen und nach Hause gehen wollen. Alle schick angezogen, mit Smoking und Kleid, alle mit schlicht gebügelter Kleidung. Und jeder von ihnen trug Blut in sich. Jeder einzelne hatte die rote Flüssigkeit, brauchte sie zum Leben.

Er brauchte sie zum Trinken. Er grinste.

Der Vollmond war hinter einer großen, schwarzen Wolke verschwunden. Gewitterwolken türmten sich auf, verdeckten den Abendhimmel mit einer Spur der Finsternis.

Sein Grinsen wurde breiter.

Dann hörte er Stimmen.

Jetzt musste er wachsam bleiben und gut aufpassen. Er kauerte sich weiter hinter die Mülltonne, sodass nur noch seine stechenden roten Augen zum Vorschein kamen. In der Dunkelheit war es der einzige Lichtpunkt inmitten der Gasse. Aber niemand würde darauf achten.

Die Besucher, die sich diesen Abend wahrscheinlich köstlich amüsiert hatten, betraten den Gehweg abseits der dunklen Gasse auf der beleuchteten Straße. Sie lachten. Sie redeten. Niemand von ihnen sah ihn.

Die Schauspieler würden sicher zehn Minuten brauchen, bis sie sich umgezogen hatten. Solange konnte er noch warten. Die Nacht war jung, die schwarzen Wolken herrlich. Nichts würde sich zwischen ihm und seiner Beute stellen.

Nichts.

Die zehn Minuten vergingen schnell. Es dauerte nicht lange, bis die Tür mit der Glühbirne darüber aufgestoßen wurde und ein gnädiger Herr den Treppenabsatz betrat. Er hatte Alltagskleidung an. Jetzt war er gewöhnlich. Kein episches Bühnenmännchen mehr, sondern ein normaler, freundlicher Mann, abseits jegliches Rampenlichts. Aber er wartete weiterhin, hinter der Mülltonne. Der freundliche Mann machte eine schweifende Handgeste. Er bat eine Frau hinaus.

Er beobachtete derweilen präzise. Anscheinend fühlte sich die Frau geschmeichelt. Sie betrat ebenfalls den Treppenabsatz, der freundliche Mann schloss die Tür, folgte ihr die Stufen hinunter. Am Fuße der Treppe blieben sie stehen.

Der Moment zum Zuschlagen. Für ihn.

Jetzt war es Zeit, aus der Finsternis hervorzutreten. Sein Körper bäumte sich auf, ein langes, schwarzes Gewand viel auf den Boden, sein Gesicht mit den stechenden roten Augen war unter dem Schatten der Kapuze verborgen. Er sah die Blicke – die entsetzten, überraschten und panischen Augen von der Frau und dem Mann, der Blick, wie sie ihn anstarrten, wie sie von Angst attackiert wurden. Das war seine Stunde.

Blut . . .

Er machte einen Schritt auf die beiden Menschen zu. Sie machten einen zurück, pressten ihre Körper an die schäbige Wand des Theaters. Sie waren gelähmt vor Angst. Zu seinem Nutzen.

Näher . . . kaum zwei Schritte von ihnen entfernt.

Er riss seinen Mund auf, spitze Zähne, makellos weiß, entblößte seine wahre Identität. Ihr Blut in seinem Mund –

Ein Windstoß. Von oben.

Instinktiv, blitzschnell, sprang er zurück, vollführte einen Rückwärtssalto, und landete wieder auf dem Boden. Das durfte nicht sein! Sein Plan wurde durchkreuzt!

Ein Schatten, der für die menschlichen Augen nicht sichtbar war, huschte an der Wand des Theaters entlang, hätte ihn beinahe getroffen, wenn er nicht ausgewichen wäre. In seinem dunklen Adern pumpte die Wut.

Der Schatten, der ihn beinahe getötet hätte, sprang an die Kante der Häuserwand. Über den beiden Menschen, die alles nur innerhalb weniger Sekunden wahrgenommen hatten.

Dann bretterte der Schatten – sein Feind – nieder.

Durchtrennte sorgfältig den Körper des freundlichen Mannes.

Und jetzt war er sauer.

Der Mann schien für einen kurzen Augenblick noch auf die schreckhafte Gestalt vor ihm zu gucken, dann – langsam gleitend, wie ein Eisbrocken – vielen seine beiden Körperhälften auseinander. Blut spritze, dem Kopf entrann eine Flüssigkeit.

Die Frau schrie auf, sprang angewidert zur Seite und hielt sich die Hände vor dem Mund. Ein ausdrucksloser Blick. Ein von Schrecken besetzter Blick. Und jetzt – alles spielte sich weiterhin in wenigen Sekunden ab – schrie sie nicht mehr, sondern sie kreischte wie ein verrückt gewordenes Tier. Ihre Stimme schrill und spitz, ihr Mund endlos weit aufgerissen . . .

Ein weiterer Windstoß, bevor auch sie durchtrennt wurde.

Diesmal seitlich, direkt durch den Magen. Er, der geduldig gewartet hatte, jetzt aber wutentbrannt dastand, sah Blut und Mageninhalt auf den staubigen Asphaltboden klatschen. Die beiden Menschen kippten fast gleichzeitig um; so schnell war der Angriff gewesen.

Von wem war er gekommen?

Der Schatten huschte für zwei Sekunden über das Dach des Theaters, verschwand, dann ein weiterer, heftiger Windstoß; diesmal direkt hinter ihm. Er sprang zurück, machte dabei in der Luft eine Drehung.

Zwei Gestalten standen sich in der dunklen und abgelegenen Gasse gegenüber. Er hatte rote, stechende Augen. Die andere Gestalt war eiskalt und kristallblau.

„Hallo Shyres", sagte der Schatten mit den kristallblauen Augen.

Er, Shyres, ballte seine weißen Hände zu Fäusten. Wut. Brennende Wut –

„Was tust du hier?", fragte er seinem Widersacher.

Chron, das kalte Blauauge, wie Shyres zu sagen pflegte, grinste. „Ich war auf der Jagd."

„Du hast sie durchtrennt.", sagte Shyres.

„Kein Biss."

„Ich weiß." Blauauges Stimme war ruhig. „Aber ich habe keine Menschen gejagt."

Shyres machte einen Schritt nach vorn. „Was dann?"

„Natürlich dich, Shyres." Ein hinterhältiges Lächeln auf Chrons Gesicht.

„Warum?"

„Weil ich deine Rasse jage, Shyres. Die Ära der Vampire ist vorbei. Die neuen Blutsauger sind vorgetreten."

„Nur über meine Leiche!", schrie Shyres.

„Ich glaube, dass lässt sich sogar einrichten.", sagte Chron. Mit einem eleganten Stoß schwang er seinen Umhang zurück und präsentierte eine eiserne Klinge; ein riesiges Schwert, dessen Klinge mit feinen Rinnsalen durchkreuzt war. In diesen floss eine blaue Flüssigkeit, schimmernd, kalt.

„Nun . . ." Shyres zögerte. Auf ein Duell war ich nicht vorbereitet, dachte er. Im nächsten Moment brachte auch er seine Klinge zum Vorschein. Ein Zweihandschwert, massiv, mit Runen bestückt, Blut klebte an ihr.

Giftiges Blut.

Die beiden Blutsauger standen sich mit erhobenem Schwert gegenüber.

Selbst die Geräusche der Stadt schienen in der kleinen Gasse verstummt zu sein.

„Für die Vampire.", sagte Shyres.

Chron schwang seine Klinge. „Für eine neue Ära."

Die Blutsauger rannten aufeinander zu.

Shyres rechnete mit einem weiteren Windstoß, mit einem Ausweicher hoch in die Lüfte, doch Chron vollführte lediglich einen Salto über Shyres Kopf. Dabei versuchte er einen ersten, direkten Treffer, doch der Vampir konnte rechtzeitig sein Schwert heben und den Hieb parieren. Im nächsten Moment landete Chron hinter ihm, und Shyres drehte sich, Klinge traf Klinge, sie kämpften tanzend und elegant in einer modernen, menschlichen Stadt, in der selbst die Nacht erhellt wurde durch bunte, künstliche Lichter . . .

Chron war es, der seine Kampfposition mit einer Schraube in der Luft verließ und an die Wand des Theaters sprang. Dort dran haftete er wie eine Spinne, ehe er Schwung holte und auf Shyres zusteuerte – dieser sprang mit einer eleganten Drehung in der Luft zur Seite und entging dem massiven Schlang, der Risse in den Asphaltboden presste, als Chron mit seinem Schwert landete.

Nun versuchte der Vampir einen getricksten Angriff: Er lief in schräger Haltung auf Chron zu, und gerade, als er einen Schlag antäuschte, sprang er mit seinem linken Fuß ab und schleuderte sich selbst gegen die Backsteinwand des gegenüberliegenden Gebäudes.

Von dort aus schwang er sich blitzschnell in die Höhe, kletterte, dann sprang er erneut in die Höhe, befand sich fünf Meter über Chron, mit dem Kopf nach unten, die Klinge ausgestreckt. Er viel, schnell, doch das Blauauge sprang ebenfalls hoch und die beiden trafen sie genau einen Meter über den Boden. Die Erschütterung war tief, die Klingen vibrierten.

Beide landeten innerhalb einer Sekunde auf dem Boden.

„Niemals in meinem Leben hätte ich gedacht, das Vampire solange durchhalten.", sagte Chron.

„Wir trinken eben das bessere Blut, Blaukopf."

„Das Blut, das ihr uns entnommen habt?"

„Nein, denn eures würde ich niemals anrühren. Es stinkt, ist ekelig und hat keinen Geschmack. Und außerdem: Was sollen Vampire mit Sumpfmatsche anfangen?"

War da ein Zucken auf Chrons Gesicht? Ein Anzeichen von Wut und Sprachlosigkeit? Order war das nur Einbildung gewesen?

„Ihr Vampire", sagte er. „Seit schwächer als wir. Körperlich und geistig."

„Eine Lüge, wie sie nur aus deinem Munde kommen kann." Tatsächlich keuchte Shyres.

„Bringen wir die Sache Zu Ende.", sagte Chron.

Shyres nickte, erhob sein Schwert, während das Blauauge auf ihn zukam.

Und während der Vollmond am beleuchteten Abendhimmel wieder zur Geltung kam, sah niemand, außer ein kleiner Junge an seinem Fenster im dritten Stock eines Wohnhauses die zwei Gestalten, die anscheinend mit zwei großen Stöckern in der Hand in der Gasse tanzten. Der Junge kannte solche Leute. Das waren die, die immer zu viel Alkohol tranken, und dann nicht mehr denken konnten.

Der Junge wandte sich von den beiden Männern ab, die da draußen tanzten.

So sah er auch nicht den Kopf, der von einem der Schultern viel.

DER FLUCH DER ALTEN DAME

London, England, 1920

Die große schwere Uhr über dem Spülbecken zeigte schon zehn Minuten vor Mitternacht, als Flora Conners endlich ihre Haube aus dem hochgesteckten braunen Haar nahm. Endlich hatten die schweren Hustenanfälle des Veteranen nachgelassen und er schlief nun, atmete dabei ruhig, gleichmäßig, so dass sie es wagte, ihren Dienst nun zu beenden. Auf dem Weg nach unten bat sie die diensthabende Nachtschwester von Zeit zu Zeit nach ihm zu sehen.

Mit der nachlassenden Anspannung kam die Müdigkeit und Floras Arme fühlten sich bleischwer an, während sie den Wollmantel über ihre Schwesterntracht zog. Seit sieben Jahren arbeitete sie schon im Mercy-Hospital, das war länger als die meisten anderen Krankenschwestern. Das Hospital war klein, lebte von Spenden der Gemeinde und lag in einem heruntergekommenen Teil der Stadt. Wer hierher kam, tat es fast nie freiwillig. Die Patienten waren größtenteils mittellos, viele Bettler, Obdachlose wie die alte, lungenkranke Frau auf Station zwei, bei der Flora nach einem Blick in ihr graues, faltendurchfurchtes Gesicht gesehen hatte, dass sie dem Tode bereits geweiht war.

Flora fröstelte, als sie einen Fuß auf die Mitte der Steintreppe setzte. An den Seiten war der Granit abgebröckelt und der Eingang wirkte so heruntergekommen wie das gesamte Gebäude.

Der Mantel eng um sich gezogen trat Flora ihren Weg nach Hause an. Sehr weit hatte sie es nicht, nur etwa zehn Minuten brauchte sie, wenn sie zügig ging und jetzt gab es nichts, was sie an Eile hindern würde. Die Straßenlaternen erhellten nur alle zwanzig Meter ein Stück des Weges und die Lichter in den Fenstern waren bereits verloschen. Nur aus einer Seitenstraße schimmerte rotes Licht aus dem ersten Stock.

Zu so später Stunde begegnete Flora nur selten jemandem. Die Bettler verzogen sich lieber zum Stadtkern hin, hier, in der Gegend der Ärmsten der Armen gab es nichts, auf das bedürftige hoffen konnten. Aus diesem Grund hatte Flora auch keine Angst vor Überfällen; es gab nichts zu holen. Und so beunruhigte es sie nicht weiter, als sie plötzlich Schritte hinter sich vernahm. Eine andere arme Seele durch den einsamen Weg der Nacht.

Flora drehte sich nicht um, die Schritte kamen näher, das Geräusch schnellen Laufens. Er – denn der Schwere der Schritte nach zu urteilen war es wohl ein Mann – würde in wenigen Sekunden an ihr vorbei sein. Doch noch ehe sie diesen Gedanken ganz zu Ende gedacht hatte, wurde sie von hinten gepackt und eine kräftige große Hand legte sich über ihren Mund, um sie am Schreien zu hindern.

Flora war nicht besonders groß und das karge Gehalt zusammen mit der harten Arbeit hatte verhindert, dass sich viel Fleisch auf ihren Rippen hatte sammeln können. Doch gerade diese jahrelange körperliche Arbeit war es, die ihre Muskeln gestärkt und ihre Reaktionen geschärft hatte.

Sie holte mit dem Ellbogen aus, kämpfte sich so einen Arm frei und versuchte gleichzeitig ihren Angreifer zu treten. Durch ihre Gegenwehr ließ er in seinem Griff etwas locker, von Größe und Gewicht war er ihr zwar weit überlegen, doch hatte er nicht mit Floras Reaktionsvermögen und Kraft gerechnet.

Seine Hand rutschte von ihrem Mund und sofort nutzte Flora dies, um so laut sie konnte zu schreien. Nun war schreien in dieser Gegend zwar nichts besonders ungewöhnliches – sie bezweifelte sogar, dass irgendwer ihr zu Hilfe kommen würde, doch zumindest erregte sie so Aufmerksamkeit.

Im schwachen Licht, dass die Straßenlaterne einige Meter entfernt herüberwarf und der fahlen Mondsichel des sternenübersäten Himmels sah Flora wie er ausholte. Doch bevor die Faust sie treffen konnte, wurde sie mitten in der Bewegung gestoppt.

Flora zögerte nicht, sie verschwendete keine Zeit damit zu gucken, was ihn daran hinderte, sie zu schlagen, sondern brachte sich mit einem Satz in Sicherheit.

Hektisch sah sie sich um, wohin sie fliehen konnte. Links die Gasse führte zum Hafen, ein unsicheres Pflaster, besonders nachts. Aber die vielen an den Häuserwänden aufgestapelten, größtenteils leeren Holzkisten boten eine gute Versteckmöglichkeit.

Flora kauerte sich hinter eine der Kisten und hoffte, keine Aufmerksamkeit zu erregen. Sie wusste, dass in dieser Gasse oft Bettler übernachteten. Angespannt lauschte sie, die Kampfgeräusche erstarben plötzlich, und nachdem über fünf Minuten alles ruhig geblieben war, wagte Flora sich aus ihrer Deckung.

Auf dem Boden, nahe der Laterne, lag eine Gestalt. Im ersten Moment glaubte Flora, dass es ihr Angreifer war, doch da bewegte er sich und der Arm, den er ein kleines Stück hob war viel schlanker. Von dem anderen war überhaupt nichts zu sehen.

Wer auch immer sie gerettet hatte – jetzt brauchte er selbst Hilfe, denn die Bewegung seines Armes war schwach, flehend. Flora hastete näher und kniete sich neben ihn. Sie konnte nur Umrisse erkennen und selbst das nur wage, so dass es unmöglich war zu sagen ob und wenn wie schwer er verletzt war. „Hallo, können Sie mich hören?"

Mehrere Atemzüge verstrichen, dann erklang leise seine Stimme: „Ja."

Vorsichtig berührte Flora ihn an der Schulter. Er trug eine Art Umhang aus dunklem, dünnem Stoff. „Sind Sie verletzt? Können Sie aufstehen und laufen? Das Mercy-Hospital ist nicht weit entfernt, ich werde Sie dorthin bringen."

„Nein." Seine Finger legten sich über ihre Hand an seiner Schulter. „Bitte . . . nicht ins Krankenhaus."

„Aber Sie sind verletzt."

„Mir fehlt nichts." Langsam richtete er sich auf, schwankte dabei und griff unwillkürlich nach einem Halt.

Flora stützte ihn so gut ihr das möglich war. Er war fast einen ganzen Kopf größer als sie und der weite Umhang täuschte nicht darüber hinweg, dass er erschreckend dünn war.

Unterernährung war bei den Armen und Obdachlosen normal, dennoch wirkte er nicht wie ein Bettler. Flora hielt eine Hand an seinem Rücken, seinen linken Arm hatte sie sich um die Schultern gelegt. „Sie müssen ins Krankenhaus, Sie können ja kaum mehr gehen."

Sofort blieb er stehen, wandte seinen Kopf zu ihr und sah ihr eindringlich in die Augen.

„Nein, bitte, ich darf dort nicht hin."

Flora überlegte, schwer verletzt war er wohl nicht, offenbar aber am Ende seiner Kräfte. „Wo wohnen Sie?"

„Nirgends."

Diese Antwort hatte sie fast schon erwartet. „Dann kommen Sie mit zu mir, sie müssen sich wenigstens aufwärmen, die Nacht ist viel zu kalt, um im Freien zu schlafen." Morgen früh konnte sie ihn immer noch zu einem der Armenhäuser bringen.

„Nein."

„Keine Wiederrede", sagte sie in jenem strengen Ton, den sie auch bei Patienten anschlug, die sich weigerten, ihre Medizin zu schlucken. Sie konnte nicht sagen, ob er nur nachgab, weil er so schwach war, doch er ging neben ihr die Straße entlang, immer noch leicht auf sie gestützt.

Seltsamerweise fand sie es gar nicht so ungewöhnlich diesen ihr völlig fremden Mann in ihre Wohnung mit zu nehmen. Eine richtige Wohnung war es eigentlich nicht, Flora hatte nur ein Zimmer in einem heruntergekommenen Altbau. Das Treppenhaus war stockfinster und sie befürchtete schon, er würde die Stufen bis in den ersten Stock nicht schaffen.

Er keuchte leicht, als sie die Holztür aufschloss.

„Warten Sie hier."

Flora ließ ihn an der Tür stehen und eilte zu dem Regal, auf dem sie die Petroleumlampe immer abstellte. Sekunden später flammte das Licht auf und sie kehrte zu ihm zurück. „So, kommen Sie, setzten Sie sich erst mal."

„Danke."

Er ließ sich von ihr in einen abgenutzten Sessel verfrachten.

Flora hantierte an der Kochstelle und zündete das Feuer an. „Ich koche Tee, das wird sie aufwärmen." Er antwortete nicht und ungeduldig starrte Flora auf die züngelnden Flammen unter dem alten Kupferkessel. Sie hatte in ihrem ganzen 25 Lebensjahren noch nie einen Mann mit in ihr Zimmer genommen und wenn sie jemals daran gedacht hatte, so hatte sie sich diese Begegnung anders vorgestellt. Das Zimmer natürlich auch, denn in ihren Träumen verwandelte es sich in einen luxuriösen Raum mit großen, von der Decke herabhängenden Lüstern, reich mit Gold verziert und Brokatkissen auf dem großen weinroten Diwan.

Bis das Wasser kochte, zündete Flora eine zweite Lampe an und stellte sie auf den kleinen Tisch, um ihren Retter endlich genauer ansehen zu können. Sein Gesicht war blass, natürlich war er anämisch, das waren so ziemlich alle, denen sie begegnete, besonders die Kinder. Er hatte sehr feine, fast aristokratische Züge, eine schmale, gerade und fast etwas zu lange Nase, dunkle Brauen und hohe Wangenknochen. An seinem Mundwinkel bemerkte sie eine dünne Blutspur. „Oh, Sie sind ja doch verletzt, warten Sie."

Er wischte sich mit dem Ärmel das Blut weg.

„Das ist nichts."

Da das Blut wohl von dem Angreifer stammte und Flora keine Verletzung an seinen ebenmäßigen Lippen feststellen konnte, betrachtete sie ihn weiter. Die Augen waren auch bei Licht genauso dunkel wie draußen. Sehr viel älter als sie konnte er nicht sein und sie fragte sich, wo er wohl herkam und was geschehen war, dass er nun derart entkräftet war. Das Beste wäre sicherlich, ihn einfach zu fragen und sich zuerst mal selbst vorzu-stellen. „Mein Name ist Flora, Flora Conners. Und wie heißen Sie?"

„Vincent", lautete die einsilbige Antwort.

„Vincent", wiederholte sie. Nicht gerade ein ge-läufiger Name, aber er sah ohnehin nicht aus, als wäre er aus der Gegend. Wie ein Schotte oder Ire wirkte er dagegen auch nicht. „Wo kommen Sie her, Vincent?"

Statt darauf einzugehen, erhob er sich halb aus dem Sessel. „Lassen Sie mich gehen, bitte."

Mit zwei Schritten war Flora bei ihm und packte ihn am Arm. „Nein, Sie sind doch noch viel zu schwach. Trinken Sie wenigstens eine Tasse hei-ßen Tee und schlafen Sie etwas."

Er schüttelte nur schwach den Kopf, blieb aber sitzen und ließ zu, dass Flora eine alte, ausge-franste Schafwolldecke um ihn drapierte. Sicher fror er, er musste einfach frieren so dünn wie er war und bei der niedrigen Temperatur in ihrem Zimmer. Flora gab ihm den fertigen Tee in die Hand, doch er starrte nur auf die dampfende Tas-se.

„Versuchen Sie doch ein bisschen zu trinken. Oder soll ich Ihnen eine Brühe kochen?" Viele Vor-räte hatte sie nicht, doch für eine Suppe würde es schon noch reichen.

„Nein." Er betrachtete sie lange und seltsamer-weise war es Flora weder peinlich noch unange-nehm. Sonst hasste sie es, angestarrt zu werden, wenngleich das auch nicht oft vorkam. Die Men-schen hatten genug mit sich selbst und ihren eige-nen Familien zu tun.

Um das Schweigen zu beenden beschloss Flo-ra ein wenig von sich zu erzählen, natürlich mit dem Hintergedanken, dass er ihrem Beispiel folgen würde. Er hatte so etwas Faszinierendes, Geheimnisvolles an sich, das sie in seinen Bann zog. „Ich arbeite als Krankenschwester im Mercy-Hospital, seit sieben Jahren schon."

Ihre Worte registrierte er nur mit einem Nicken. „Ich lebe allein", fuhr sie fort. Mit ihrer kompletten Familiengeschichte wollte sie ihn allerdings nicht konfrontieren. Ihren Vater kannte sie gar nicht und bis sie zwölf war, hatte sie mit ihrer Mutter in einem Armenhaus gelebt. Sie hatten stets nur so viel gehabt, um gerade so überleben zu können, bis hin zum Leichen waschen hatte Helen Conners jede Arbeit angenommen, die sie kriegen konnte und ihre einzige Tochter auf die Schule geschickt.

Dann hatte in einem besonders strengen Winter ein heimtückisches Fieber gewütet und mehr als die Hälfte der Bewohner des Armenhauses hingerafft, unter ihnen auch Helen. Flora war damals ebenfalls erkrankt und wochenlang hatte sie zwischen Leben und Tod geschwebt, bis ihr starker Wille doch noch gewann. Nur langsam hatte sie sich erholt und auf sich allein gestellt und fast mittellos – denn Helen hatte kaum mehr als ein paar Münzen besessen – blieb sie zuerst mal im Armenhaus. Flora suchte sich Arbeit, Putzstellen und Botengänge, die Schule konnte sie sich nicht mehr leisten, sie war schon froh, mehr Schuljahre geschafft zu haben, als die meisten anderen in ihrer Umgebung. Das wenige Geld, das sie verdiente, gab sie fast sofort aus für Essen und was gerade nötig war an Kleidung und Schuhen. Flora wusste, dass sie als Minderjährige eigentlich ins Waisenhaus gemusst hätte, doch diese Vorstellung war ihr zuwider und so bat sie die Wirtin des Armenhauses sie nicht zu verraten. Die alte Frau versprach es dem Mädchen, denn sie mochte Flora. Doch Flora wusste, dass sie nicht lange einer Entdeckung entgehen konnte.

Eines Tages packte sie ihre kargen Habseligkeiten und zog in ein etwas feineres Randgebiet der Stadt. Hier lebten Kaufleute und Geschäftsmänner, sogar ein Advokat hatte sich an der Straßenecke niedergelassen und in dem Hotel stiegen oft Handlungsreisende ab. Den ganzen Tag versuchte Flora eine Stelle als Dienstmädchen zu bekommen. Endlich, es dunkelte schon, ihre Füße in den ausgetretenen Schuhen schmerzten und sie war am Ende ihrer Kräfte, wurde sie nicht sofort an der Tür abgelehnt, sondern herein gebeten. Mrs. Carmichael war eine Witwe in den Sechzigern und ihr bisheriges Dienstmädchen hatte vor einigen Tagen wegen ihrer Hochzeit gekündigt. Kritisch fragte sie Flora nach ihren Fähigkeiten und nach ihrem Alter. Vierzehn wäre sie, log Flora und nach atemlosen Sekunden, in denen sie aus den durchdringenden grünen Augen der alten Witwe gemustert wurde, stellte die Dame sie ein. Zuerst natürlich nur zur Probe, doch Flora war selig ein Dach über dem Kopf, ein Bett und eine warme Mahlzeit zu bekommen.

Sehr schwer war die Arbeit nicht, da Mrs. Carmichael schon seit Jahren allein lebte, gab es außer ihr und dem kleinen Hund, den sie immer mit sich herumtrug niemanden zu versorgen. Flora kochte für sie, kaufte auf dem nahen Markt ein, ging einmal die Woche zum Hafen, um frischen Fisch und die ankommende Post zu holen, hielt das Haus sauber und beschnitt die Rosensträucher auf der Veranda.

Über fünf Jahre lebte Flora bei der lebenslustigen alten Frau. Sie schlief in der kleinen Dachkammer und Mrs. Carmichael erlaubte ihr, die Bücher aus ihrer privaten Bibliothek mit nach oben zu nehmen. Sie war angenehm überrascht, als sie eher zufällig feststellte, dass ihr neues Mädchen lesen konnte und ermutigte sie zu weiteren Studien. Und Flora lernte gern. Dann eröffnete Mrs. Carmichael ihr eines Tages, dass sie sich entschlossen hatte zu ihrer ältesten Tochter nach Capri über zu siedeln. Das nasskalte Wetter in London bekam ihrem stärker werdenden Lungenleiden gar nicht und die von ihr konsultierten Ärzte hatten ihr dringend zu einem längeren Aufenthalt in wärmeren Gefilden geraten.

Flora verspürte neben dem Schrecken so plötzlich ohne Arbeit dazu stehen auch Abschiedsschmerz. Sie mochte die alte Dame sehr, Mrs. Carmichael war eine richtige Lady und in den vergangenen Jahren waren sie und ihr kleiner Hund fast so etwas wie eine Familie für sie gewesen. Am Tag der Abreise brachte sie Mrs. Carmichael zum Hafen. Die alte Dame hatte Tränen in den Augen, als sie das Mädchen umarmte und dann mit ihrem Hund unterm Arm die Rampe der Fähre emporstieg und von der Reling Flora noch einmal zuwinkte.

Das Haus hatte Mrs. Carmichael ihrem Advokaten anvertraut, der sich um den Verkauf kümmern würde. Für einen kurzen Moment spielte Flora mit der Überlegung auf die nächsten Eigentümer zu warten und um eine Stelle als Dienstmädchen vorzusprechen. Doch sie konnte kaum erwarten, dass sie genauso gütig wie die alte Dame wären, außerdem hatte sie inzwischen genug von der Rolle der Magd. Ihre Aussichten waren besser als vor fünf Jahren. Sie war nun 18, ihre Garderobe hatte sich verbessert und zum Abschied hatte ihr Mrs. Carmichael 5 Pfund geschenkt, ein kleines Vermögen für Flora, die niemals zuvor so viel Geld besessen hatte.

Dennoch war es schwer, eine neue Arbeit zu finden. Flora hatte nur ihre Berufserfahrung als Dienstmädchen und diese Stellen waren schnell vergeben. Das sie lesen und schreiben konnte, nützte ihr nun nicht viel, sie hatte keine Ausbildung in kaufmännischen Lehren. Sie schlief in billigen Pensionen und zog von morgens bis spät abends auf der Suche nach Arbeit durch die Stadt. Irgendwann hörte sie dann zufällig, dass im Mercy-Hospital immer Arbeitskräfte gesucht wurden, Frauen, die sauber machten und Pflegerinnen für die Kranken. Sofort machte sie sich auf den Weg, ihr Geld war fast aufgebraucht und sie hoffte inständig, eine Stelle zu bekommen. Und die bekam sie auch, zuerst war es kaum mehr als eine Putzstelle, doch Floras rasche Auffassungsgabe überzeugten die Oberschwester und so erhielt das Mädchen eine richtige Ausbildung als Krankenschwester.

An das alles dachte Flora in diesem Moment, während sie den fremden Mann betrachtete. „Ich habe mich noch gar nicht dafür bedankt, dass Sie mir das Leben gerettet haben."

Er schaute zu Boden, reagierte nicht auf ihre Bemerkung.

Vielleicht weil er verlegen war, überlegte Flora. Das konnte gut sein, schließlich wurde sie jetzt selbst langsam verlegen, mit einer solchen Situation hatte sie keinerlei Erfahrung. „Sicher sind Sie müde, kommen Sie, schlafen Sie, ich überlasse Ihnen mein Bett."

Schwach schüttelte er den Kopf.

„Ich muss weg."

„Nein", widersprach sie energisch. So wie er aussah, würde er die Nacht draußen nicht überstehen. Unter seinem leisen Protest verfrachtete sie ihn schließlich mit zwei decken auf die Couch und fast sofort schlief er ein. Erst jetzt gestattete Flora sich ihrer eigenen Müdigkeit nachzugeben und schlüpfte in ihr Bett.

Als sie aufstand, schlief ihr geheimnisvoller Besucher noch. Für einen bangen Moment betrachtete sie genau seine Brust und ließ den angehaltenen Atem entweichen, als sie das schwache Heben und Senken gemerkte. Er lebte, auch wenn seine blasse Gesichtsfarbe besorgniserregend war.

Sie wollte ihn nicht wecken, musste allerdings zur Arbeit, daher schrieb sie eine kurze Nachricht, in der Hoffnung, dass er lesen konnte und legte sie vor ihn auf den Tisch. Dazu legte sie das Brot, das sie noch hatte und den restlichen Käse.

Viel Gelegenheit sich Gedanken um ihn zu machen, hatte sie nicht, in der Nacht war es unter den Hafenarbeitern zu einer Auseinandersetzung gekommen und mit zahlreichen Blessuren lagen nun sieben Männer im großen Saal.

Im ersten Bett unter dem Fenster lag ein grobschlächtiger Mann, der wildes Zeug faselte. Flora kannte das, das kam oft bei schweren Verletzungen vor, besonders, wenn der Betreffende schon Medikamente bekommen hatte. Er hatte zudem reichlich Blut verloren, die Wunde an seinem Hals hätte ihn leicht das Leben kosten können, wenn er nicht rechtzeitig aufgegriffen und ins das Hospital gebracht worden wäre. Immer wieder schrie er, ein Dämon habe ihn angegriffen und gebissen.

Flora hielt ihn für einen der in die Auseinandersetzung verstrickten Hafenarbeiter. Vermutlich hatte eine Holzlatte mit einem Nagel die Verletzung am Hals verursacht. Nicht selten führten solche Streitereien zu schwerwiegenden Wunden, das hatte Flora oft schon gesehen.

Gegen Mittag wechselte sie die Blutkonserve bei ihm und als er dabei die Augen öffnete und sie ansah, begann er wieder zu schreien. Flora zuckte nicht zurück, versuchte ihn mit leisen Worten zu beruhigen und ihm zu versichern, dass er im Krankenhaus und alles in Ordnung wäre, doch da er nicht reagierte, ignorierte sie ihn.

In ihrer knappen Mittagspause bekam sie zufällig ein Gespräch zwischen zwei anderen Schwestern mit. Die eine Stimme gehörte ganz klar der dicken Klatschbase Betty, die andere erkannte Flora nicht sofort. „ . . . du hättest diesen Biss sehen soll, was auch immer das für eine Bestie war, die ihn da erwischt hat, es fehlte nicht viel und sie hätte ihm den ganzen Kopf abgebissen." Betty hatte also wieder was zu tratschen.

Aus den Augenwinkeln sah Flora, wie sich die andere, eine noch sehr junge, feinknochige Frau mit seidigem Blondhaar zu ihr hinüber beugte, den Mund staunend geöffnet. „Ehrlich?"

Betty nickte. „Ich schwöre dir, hätte ich nicht den Frühdienst gehabt und den Mann gesehen, würde ich es ja selbst nicht glauben. Mir lief es kalt den Rücken runter als ich ihn sah; das ganze zerrissene Hemd in Blut getränkt und es lief immer weiter und weiter. Kein Wunder, dass der arme

Teufel nun nur noch schreit und ganz verrückt geworden ist."

Die andere schauderte. „Du machst mir Angst, Betty."

Eigentlich mischte sich Flora nicht ein, wenn Betty ihre Klatschgeschichten erzählte. Ab und zu war es unterhaltsam, ihr zuzuhören, ihr nicht wissen glich sie stets mit viel Phantasie aus, so wohl auch diesmal. Das sie allerdings damit Angst und Schrecken verbreitete war sicherlich nicht besonders sinnvoll. Das sah die Oberschwester wohl genauso, denn die hatte, wie Flora auch, gerade ihre Mittagsmahlzeit eingenommen und da Betty wie immer laut genug gewesen war, den größten Teil des Gesprächs mitbekommen. Nun stand sie vor den beiden Schwestern, die Arme in die knochigen Hüften gestemmt. „Halt sofort den Mund, du dummes Ding. Dir werde ich helfen, so einen Humbug zu erzählen. Los auf, bei Mrs. Roberts muss die Bettwäsche gewechselt werden."

Betty stob davon, die andere Schwester sah aus großen Augen zu ihrer Vorgesetzten auf. „Stimmt es denn nicht, was Schwester Betty erzählt?"

Die Oberschwester setzte sich neben die junge Frau und legte ihr eine Hand auf den Arm. Das Mädchen war erst seit drei Wochen hier und viel zu gutgläubig. „Schwester Sarah, ich sage Ihnen jetzt, was wirklich passiert ist: Der arme Mann, von dem Schwester Betty sprach, war in eine heftige Auseinandersetzung verwickelt, aus der er mit schweren Verletzungen hervorging, die wohl von einer mit Nägeln besetzten Holzleiste herrühren. Ein Hundebiss sieht nämlich anders aus, das können Sie mir glauben."

„Und wenn es nun kein Hund war, sondern . . .“

„Schwester Sarah, auch auf Sie wartet Arbeit und ich möchte jetzt nichts mehr davon hören.“ Mit diesen Worten stand die Oberschwester wieder auf und rasch drehte Flora sich um, um sich wieder ihrem Essen zu widmen. Es war richtig gewesen, dass die Oberschwester dazwischen gegangen war, Sarah war ohnehin schon sehr ängstlich und verbrachte viel zu viel Zeit mit Betty, die in ihr endlich eine begeisterte Zuhörerin gefunden hatte.

Erst am Abend dachte Flora wieder an das Gespräch. Ihr Dienst war nun beendet und sie nahm die Haube ab. Bei dem Gedanken allein nach Hause zu gehen, hatte sie ein mulmiges Gefühl. Was, wenn wieder jemand versuchte sie zu überfallen. Oder schlimmer noch, wenn Betty recht hatte und eine wilde Bestie sich hier herumtrieb?

Energisch schüttelte sie den Kopf und schalt sich im Stillen. Seit wann glaubte sie denn Bettys Klatschgeschichten. Nur weil gerade keine Schwester Spekulationen über ein Verhältnis mit einem Arzt bot, dachte Betty sich eben was anderes aus. Außerdem war es noch gar nicht richtig dunkel, wenn sie sich beeilte, war sie zu Hause, ehe die Laternen angezündet wurden.

Flora ging rasch und unterwegs sah sie ein paar andere Leute, die ebenfalls jetzt von der Arbeit kamen. In lange abgenutzte Wollmäntel gehüllt, die sie eng um sich gezogen hatten, eilten sie die asphaltierte Straße entlang zu ihren Wohnungen, wo ein wärmendes Feuer und vielleicht eine Familie auf sie warteten.

Unwillkürlich dachte Flora an ihren seltsamen Besucher. Ob er wohl noch da war? Ein wenig würde sie es schon bedauern, wenn er einfach so verschwunden wäre. Obwohl sie den ganzen Tag Menschen um sich hatte, war sie abends doch sehr allein und oft wünschte sie sich, jemanden zum reden zu haben. Seit Mrs. Carmichaels Weggang hatte sie keine interessanten Gespräche mehr geführt. Mit ihren Arbeitskolleginnen verstand sie sich größtenteils zwar sehr gut, doch war keine dabei, die sie als wahre Freundin bezeichnen würde.

Flora öffnete die Tür und ein erfreutes Lächeln huschte über ihr Gesicht. Vincent lag noch immer auf der Couch.

„Hallo", sagte sie und eilte zu ihm.

Langsam öffnete er die Augen und sah sie an.

„Ich muss weg."

Seine Stimme war kaum mehr als ein Flüstern und die Hand, nach der Flora nun griff, um seinen Puls zu fühlen, eiskalt.

„Sie müssen sofort in ein Krankenhaus."

Schwach schüttelte er den Kopf. „Das geht nicht."

Ihr Blick fiel auf den Tisch, er hatte das Brot und den Käse nicht angerührt und von dem nun längst kalt gewordenen Tee kaum mehr als ein, zwei Schluck getrunken.

„Doch, Sie sind völlig entkräftet."

„Es geht nicht", wiederholte er nur.

„Ich habe etwas Geld."

Viel war es nicht, dass sie gespart hatte, doch für eine Behandlung würde es wohl reichen. Denn die brauchte er auf jeden Fall, so, wie er dalag, wirkte er mehr tot als lebendig.

Erneut schüttelte er den Kopf. „Das hilft mir nicht, sie würden mich töten."

„Nein, bestimmt nicht, das . . ."

„Sie verstehen nicht." Er schluckte und fuhr sich über die trockenen Lippen. Die dunklen Augen waren nun genau auf Flora gerichtet und trotz seiner offensichtlichen Schwäche war sein Blick ganz klar.

Instinktiv spürte Flora, dass es hier um mehr als die Angst vor einem Spitalaufenthalt ging. Sie legte ihre Finger auf seine Hand und drückte sie leicht. „Erzählen Sie es mir, Sie können mir vertrauen. Was auch immer Sie getan haben, ich werde Sie nicht verraten." Vielleicht war dieses Versprechen zu vorschnell gegeben, möglicherweise war er ja ein gesuchter Verbrecher. Aber irgendwie glaubte Flora nicht daran.

„Ich brauche Blut", sagte er.

„Blut?" Leicht irritiert blickte sie ihn an. Wie meinte er das?

Die Erklärung folgte sogleich: „Ich bin ein Vampir."

Was ein Vampir war, wusste Flora, darüber hatte sie in mehreren Büchern gelesen. Allerdings waren es größtenteils Romane gewesen, die alte Mrs. Carmichael hatte eine ungewöhnliche Vorliebe für Horrorgeschichten gehabt. Werwölfe, Vampire und andere Untote, oft hatte sie in ihrem Schaukelstuhl vor dem Kamin gesessen, ihren Hund auf dem Schoß und Flora hatte ihr eine Schauergeschichte nach der anderen vorgelesen. Doch obwohl sie die eine oder andere wage wissenschaftliche These gelesen hatte, so hatte sie doch nie geglaubt, jemals einem leibhaftigen Vampir zu begegnen. Sie war einfach fest davon überzeugt, dass es keine Vampire gab. Womöglich hatte sein schlechter körperlicher Zustand dazu geführt, dass er sich diese Phantasie einbildete, für real hielt. Es kam oft vor, dass Menschen im Delirium phantasierten und Flora dachte an den schwer verletzten Mann vom morgen. Der hatte von einer Bestie erzählt, die ihn gebissen hatte.

Ein kalter Schauer rann plötzlich über Floras schmalen Rücken hinab. Sie erinnerte sich, dass Vincent gestern Blut an der Lippe gehabt hatte, dass nicht von ihm selbst gestammt hatte. Und dieser verletzte Mann, es konnte durchaus ihr Angreifer gewesen sein.

Vincent bemerkte ihr Erschrecken und dass sie aufspringen wollte. Mit erstaunlicher Kraft hielt er ihre Hand fest. „Bitte, hab keine Angst vor mir, ich werde dir nichts tun."

Flora schluckte, dann rief sie sich selbst zur Ordnung. Wenn er wirklich ein Vampir war und die Absicht hatte, sie zu beißen, hätte er das in der vergangenen Nacht bereits können. „Du hast mich gerettet . . ." begann sie, nun auch zu der vertrauteren Anrede übergehend.

„Ja und ich habe den Mann erwischt und gebissen, aber ich habe ihn nicht getötet."

„Ich weiß", sagte sie und fügte auf seinen fragenden Blick hinzu: „Er liegt im Krankenhaus und redet wirres Zeug von einer Bestie, die ihn angefallen und gebissen hat."

„Das war ich", erklärte er ruhig. „Und vielleicht bin ich ja wirklich eine Bestie, denn dazu wurde ich verdammt."

„Du meinst, auf dir liegt ein Fluch?"

„Ja." Für einen Moment zögerte und Flora fürchtete schon, er würde sich nun völlig zurück ziehen, doch dann begann er zu erklären: „Ich stamme aus Rumänien, meine Familie besitzt dort seit Generationen ein altes Schloss. Doch mein Großvater verliebte sich als junger Mann in die Tochter der Nachbarn, die bezaubernd schöne Amelie. Für ein Jahr waren sie glücklich, dann kam Amelie bei einem Reitunfall ums Leben, mit einem Pferd, das mein Großvater ihr geschenkt hatte. Ihre Mutter gab ihm die Schuld und nichts konnte sie in ihrem Zorn und Schmerz beschwichtigen. Sie verfluchte ihn und seine Nachkommen. Er hatte damals nur den gerade eine Woche alten Sohn von ihm und Amelie, meinen Vater. Doch der Fluch ging auch auf ihn über und er wurde wie mein Großvater ein Vampir. Und daher bin ich auch ein Vampir, dazu verdammt, ein Geschöpf der Nacht zu sein, seit nunmehr 200 Jahren schon."

Überrascht riss Flora die Augen auf, sie hatte ihn für nur etwa Ende zwanzig gehalten, aber dann stimmte es wohl, dass Vampire nicht alterten. „Gibt es denn nichts, was diesen Fluch lösen könnte?"

„Ich weiß es nicht genau." Er fuhr sich über die trockenen Lippen und für einen kurzen Moment sah Flora eine weiße Zahnspitze aufblitzen. „Angeblich kann starke wahre Liebe ihn lösen. Doch bisher gelang es nicht, meine Mutter starb wenige Monate nach meiner Geburt, als bei einem schweren Unwetter Teile unseres Schlosses einstürzten und sie erschlugen. Auch die zweite Frau meines Vaters lebte nur kurz, nachdem sie ihn geheiratet hatte. Sie ertrank beim Wasserholen, als sie abrutschte und in den Fluss fiel."

„Das sind doch alles Unfälle, so etwas passiert eben. Tragisch, sicher, aber..."

„Nein, es ist der Fluch", sagte er mit trauriger Stimme. „Die Männer der Familie sind zum Vampir verdammt und die Frauen, in die sie sich verlieben, dem Tode geweiht."

Besonders abergläubisch war Flora nicht und ganz so überzeugte sie seine Geschichte nicht. Sicher, er log nicht und glaubte an diesen Fluch, doch sie wollte ihm gern helfen. Das war ihre Pflicht, außerdem war Rumänien weit entfernt. „Sag mir, was ich für dich tun kann."

„Ich brauche Blut", erklärte er nach kurzem Zögern.

„Ich werde dir welches besorgen."

Sie wollte aufstehen, doch er hielt ihre Hand noch für einen Moment fest und sah ihr eindringlich in die Augen. „Bitte sei vorsichtig."

„Versprochen." Sie drückte kurz seine Finger, dann streifte sie ihren Mantel über und eilte in die Nacht hinaus, zurück zum Krankenhaus. Wolken hatten sich vor die Mondsichel geschoben, so dass es noch dunkler war, doch das registrierte Flora nicht bewusst. So schnell sie konnte lief sie die engen Gassen hindurch, bis sie endlich atemlos den Seiteneingang des Mercy-Hospitals erreichte.

Wo die Blutkonserven aufbewahrt wurden, wusste sie genau und mit zitternden Fingern schloss sie die Tür auf. Wie gut, dass sie schon so lange hier arbeitete und deshalb als einzige Schwester außer der Oberin einen eigenen Schlüssel hatte.

Knarrend schwang die schwere Tür auf und rasch schlüpfte Flora hindurch, schloss sie hinter sich, tastete im dunklen nach der Lampe und zündete sie an. Es war eiskalt in dem Raum, der als Lager für die Blutkonserven diente und der starke Karbol-Geruch, den sie bei ihrer Arbeit schon lange nicht mehr wahrnahm, stach ihr in die Nase.

Flora füllte die mitgebrachte Leinentasche vorsichtig mit den Beuteln, in denen dunkel das Blut schwappte. Sie beeilte sich, auch wenn sie kaum eine Entdeckung befürchten musste. Wenn nicht gerade ein Notfall eingeliefert wurde, ging des Nachts niemand in die Blutbank. Doch Vincent brauchte das Blut, je eher, desto besser und auf dem gleichen Weg, den sie gekommen war, huschte sie wieder hinaus.

Als das Dunkel der Nacht ihre schmale Gestalt mit seiner geheimnisvollen Hülle schluckte, wagte sie aufzuatmen. Niemand hatte sie gesehen und es war nicht zu befürchten, dass der Diebstahl auffiel oder gar, dass sie verdächtigt wurde. Blut wurde schließlich immer mal wieder gebraucht und gerade bei dringenden Fällen wurde oft vergessen, einzutragen wie viel Tüten verbraucht worden waren.

Leicht außer Atem kehrte sie in ihre Wohnung zurück und noch ehe sie den Mantel auszog, gab sie Vincent einen Beutel Blut, der diesen sogleich öffnete und an die Lippen setzte. In den nächsten Minuten konnte sie geradezu zusehen, wie er aufblühte; seine Gesichtsfarbe blieb zwar recht blass, war aber nicht mehr so geisterhaft wächsern, er wirkte stark und vital und stand auf.

Unsicher nahm er Floras Hände und sah ihr tief in die Augen. „Ich danke dir."

Sie schluckte und hielt seinem Blick stand. „Ich würde dir gern helfen, den Fluch zu lösen."

„Du hast keine Angst vor mir?" fragte er leise.

Klopfenden Herzens schüttelte Flora den Kopf. Sein Gesicht war ihrem ganz nah und sie starrte auf seinen ebenmäßigen Lippen, hinter denen sich die spitzen Zähne verbargen, mit denen er so leicht ein Leben auslöschen konnte. „Nein, ich hab keine Angst vor dir", hauchte sie atemlos.

„Nichts, was du sagst oder tust kann mich erschrecken."

Die Freude über ihre Worte erhellte seine aristokratischen Züge und die wunderschönen dunklen Augen schienen von innen heraus zu leuchten. Er neigte den Kopf ein wenig und beugte sich so weit vor, dass er sie ganz leicht auf den Mund küssen konnte.

Verwirrt von dem Strudel der Gefühle, der sie erfasste, umarmte Flora ihn mit aller Kraft. So etwas hatte sie noch nie empfunden, ja sich nicht mal in ihren Träumen ausgemalt, dass sie sich so verlieben würde, noch dazu in einen Mann, den sie kaum kannte und der ein Vampir war. „Ich möchte den Fluch lösen, ich weiß, dass meine Liebe stark genug ist."

Er befreite sich aus ihrer Umarmung und wandte sich ab.

Erschrocken griff Flora nach seiner Hand.

„Liebst du mich denn nicht?"

Ganz sanft umfasste er ihr Gesicht mit seinen schlanken Händen und betrachtete sie lange. „Gerade weil ich dich liebe, darfst du nicht riskieren, den Fluch auf dich zu ziehen. Wenn du stirbst, wird das mein Leben endgültig zerstören. Mit dem Wissen an deinem Tod Schuld zu sein, könnte ich nicht leben."

Sie lächelte. „Aber ich lebe und habe nicht vor, das so bald zu ändern. Du hast doch gesagt, dass wahre, starke Liebe den Fluch zu lösen vermag."

„Ich wünsch mir so sehr ein normales Leben, ein normaler Mann zu sein, dein Mann zu sein . . ." sagte er leise und mit unendlicher Trauer.

„Das alles wirst du haben." Sie hob eine Hand und fuhr mit den Fingern zart über seine Wange.

„Lass uns in deine Heimat reisen."

„Aber. . ." Er machte eine ausladende Handbewegung, die das kleine Zimmer umschloss. „Was ist mit deinem Leben hier, deinem Besitz, deiner Arbeit."

Nun musste sie doch lachen. „Sehe ich etwa so aus, als hätte ich viele Reichtümer? Alles, was ich habe, sind etwas mehr als 8 Pfund, die ich in den letzten Jahren gespart habe, die kann ich nun gut für unsere Reise gebrauchen. Und meine Arbeit gebe ich gern auf."

„Wirklich?"

Sie nickte und um seine letzten Zweifel auszuräumen, küsste sie ihn. „Ja. Wird das Blut reichen, bis wir in Rumänien sind?"

„So viel brauche ich nicht, es wird schon gehen und eine Zeitlang kann ich sogar ohne überleben."

Sie hatte gesehen, wie schwach er ohne Blut gewesen war, also galt es keine Zeit zu verlieren und das sagte sie ihm auch. Viel hatte Flora nicht zu packen, sie besaß nur wenige Kleider, keinerlei Schmuck oder sonstige Verzierung. Sie packte eine Tasche mit Proviant – für sich Brot und Käse, für Vincent die Blutkonserven – und polsterte sie mit einer Decke und einem alten Kleid. Die Münzen und Pfundnoten trug sie lieber in einem Brustbeutel unter ihrer Bluse, das war sicherer.

Gerade mal eine Stunde war nach ihrem Entschluss vergangen, da standen Vincent und Flora auf dem Bahnhof und an dem kleinen Schalter bezahlte sie ihre Fahrt. Mit dem Zug konnten sie den größten Teil ihrer Reise nach Rumänien zurück legen. Sie waren die einzigen Reisenden, denn der kleine Zug transportierte vor allem Waren und so mussten sie sich mit einer Herde Schafe in einen Wagen zwängen. Von dem etwas strengen Geruch einmal abgesehen, hatte dies aber den Vorteil, dass es schön warm war und sie saßen eng aneinandergeschmiegt an die Rückwand gelehnt auf einer recht dicken Lage Stroh. Die Schafe drängten sich anfangs neugierig schnuppernd um sie, verloren aber bald das Interesse und blökten nur von Zeit zu Zeit.

Das gleichmäßige Ruckeln schläferte Flora langsam ein und an Vincents Schulter gekuschelt fühlte sie sich geborgen. Er selbst war nicht müde, wachte über ihren schlaf und betrachtete sie verzückt. Sie war so schönes, so unschuldiges und reines Herzen. Und ihre Liebe war ehrlich und stark, das spürte er deutlich.

Kurz bevor der Zug in den Bahnhof einfuhr, nahm sich Vincent einen Beutel Blut, das würde ihm Kraft für die nächsten Stunden geben. Er weckte Flora in dem er sie zart auf die Stirn küsste. Für einen Moment war sie orientierungslos, doch dann hörte sie das Stampfen und Pfeifen der Lokomotive und ihr fiel alles wieder ein.

Sie stiegen aus und fragten sich zum nächsten Kutschenstand durch. Mit seinem schwarzen langen Cape und dem edlen Erscheinungsbild sah Vincent wie ein Handlungsreisender aus und Flora, die eingehakt an seiner Seite ging, hielten ihre Betrachter für seine ihn begleitende Ehefrau.

Sie hatten Glück, in den nächsten zehn Minuten würde eine Kutsche abfahren, die sie ganz in die Nähe vom Vincents Familienbesitz bringen würde. Mit ihnen reisten noch eine ältere, strickende Frau, die einen kleinen Jungen bei sich hatte, der, wie sie ungefragt erzählte, ihr Enkel war und mit dem sie nun zu ihrer Tochter fuhr.

Die restliche Strecke waren sie gezwungen, zu Fuß zurückzulegen, doch Vincent versicherte ihr, dass es nicht mehr sehr weit war. Flora hoffte es, denn soeben hatte er den letzten Beutel Blut geleert und hier gab es keine Möglichkeit, neues zu besorgen.

Nach etwa einer Viertelstunde, die sie schweigend über brach liegende Felder nebeneinander her geschritten waren, ragte plötzlich das schloss vor ihnen auf. Es war aus grauem Stein erbaut, ein Burgfried stand imposant an der linken Seite und an jeder Ecke waren Türmchen. Die heruntergelassene Zugbrücke über dem das Schloss umgebenden Wasser, wirkte alt und verwittert.

An Vincents Arm durchschritt Flora den Eingang und sah den dunklen Innenhof, mit dem in diesem Moment eine Veränderung vor sich ging: Ein helles Leuchten zog durch das Gebäude und die eben noch vertrockneten Sträucher und Rosenbüsche blühten in üppiger Pracht auf. Die Mauern wirkten nicht länger verwittert und bröcklig, sondern stark und strahlend.

Vincent umarmte Flora, hob sie hoch und wirbelte sie herum. „Der Fluch ist gelöst, ich bin frei. Oh ich liebe dich, wie sehr ich dich doch liebe!"

Sie küsste ihn lange und innig und ihre Zunge spürte dabei, dass sich auch seine Zähne zurück gebildet hatten. „Ich liebe dich", flüsterte sie zwischen zwei Küssen und glücklich nahm sie ihn bei der Hand, um ihr neues Heim zu erkunden.

BLUTBAD

Jerry wartete geduldig bis sich die junge Frau ihrer wenigen Kleider entledigt hatte. Für eine, die man üblicher Weise an berüchtigten Straßenecken aufgabelte, sah sie erstaunlich elegant aus und wirkte so als seien ihr gehobene Umgangsformen alles andere als fremd. Ein wenig tölpelhaft streifte sie ihren schwarzen Mini über die viel zu dünnen Beine, versuchte danach verzweifelt den BH zu öffnen und als diese Hürden genommen waren, begann sie damit, ihre Nylonstrümpfe in geschmeidigeren Bewegungen über die weiße Haut Richtung Knöchel zu rollen.

Sie war schön, keine Frage. Das leichte Makeup unterstrich ihren feinen Teint. Klare, blaue Augen blickten hungrig in seine Richtung, während er, ganz der Gentleman, bereits die Bettdecke auf den Boden geworfen hatte. Natürlich spielte sie ihm nur etwas vor, so wie sie es mit allen Kunden tat. Wie lange mochte sie schon auf den Strich gehen?

Eine jämmerliche Verschwendung, aber er war glücklich, dass es solche Mädchen gab. Sie hatten kaum Freunde in einer Großstadt wie New York und die Familien würden sie nicht vermissen, wenn sie verschwanden. Man las so viel in den Zeitungen über ermordete Prostituierte und kein Mensch kümmerte sich darum. Fast niemand weinte ihnen nach.

Nun endlich begann sie mit einem erotischen Tanz zu imaginärer Musik. Leidenschaftlich fuhr sie mit ihren feingliedrigen Fingern durch die hellbraune Mähne, zwinkerte ihm zu und spitzte die Lippen des kleinen Mundes. Ein Leckerbissen.

Am Bett angekommen, stellte sie einen Fuß neben Jerry's Bauch und rieb sich die kleinen Brüste.

Er streichelte ihr Bein und begann, die schlanke Fessel zu küssen, knabberte spielerisch daran. So eine Frau hatte er niemals zuvor kennengelernt. Alles an ihr fühlte sich an wie Samt und Seide, geradezu perfekt. Und er kannte sich aus. Jerry war ein Feinschmecker was solche Dinge betraf.

Pro Woche genehmigte er sich ein bis zwei sexuelle Abenteuer, da ihm seine Frau nicht das geben konnte, wonach ihm verlangte. Nach fast neunzehn Jahren Ehe liebte er Pamela zwar noch immer, aber sie hatte alles verloren was ihn damals an ihr fasziniert hatte. Allein ihr Wesen hatte sich nicht verändert. Auch heute noch war sie der liebste und beste Mensch den Jerry kannte, aber all die hochgelobten inneren Werte konnten ihren Hang zur Fettleibigkeit nicht verbergen, der sich nach der Geburt des dritten Kindes eingestellt hatte.

Pamela hatte zu viele Falten im Gesicht, ihre Haut war fleckig und erinnerte ihn irgendwie an altes Pergament. Da konnte ein Mann gar nicht mehr geil werden. Zum Glück hatte er oft in New York geschäftlich zu tun, so blieben seine Ausflüge in das wilde Nachtleben unentdeckt und das tat seiner Ehe gut.

Seine Frau hätte das nicht verstanden. Sie konnte ja nicht wissen was ein Mann brauchte, der unter starkem Haarausfall litt und nicht mehr der begehrte Footballheld von einst war. All die Muskeln waren erschlafft, hatten dem einsetzenden Alter Platz gemacht. Jerry fühlte sich unattraktiver als jemals zuvor. Die Prostituierten gaben ihm das Gefühl wieder jung zu sein, ein Aufreißer. Ein kostspieliger Ausflug in eine Phantasiewelt, aber es war das Geld wert.

Während Jerry die Wade des jungen Geschöpfes entlang fuhr, über den Schenkel zum Paradies der Männerträume strich, dachte er an Jack the Ripper. Der hatte auch immer seinen Spaß gehabt. Vielleicht auf eine mehr als krankhafte Art, doch die Geschmäcker waren eben verschieden. Zudem konnte die Macht über Leben und Tod sehr befriedigend sein. Das wusste Jerry nur zu gut. Es war beinah wie Sex.

Serienmörder stellten für ihn ein interessantes Mysterium dar. Sie folgten ständig einem geheimen Drang, den nur sie verstehen konnten und nahmen sich was sie wollten. Ja, das waren noch richtige Männer. Kein Kuschen vor dem Gesetz. Sie führten ihr Leben so frei als seien sie Pioniere in einem unerforschten Land.

Das Mädchen stöhnte als Jerry seinen Zeigefinger in die Öffnung gleiten ließ, in der später sein bester Freund verschwinden sollte. Es glich der Vorhut in unbekanntes Terrain, bevor die Kavallerie nachrückte. Dort unten waren seiner Meinung nach alle Frauen gleich, aber dennoch machte es ihm jedes Mal so viel Spaß als sei es sein erstes Erlebnis dieser Art.

Das hübsche Ding gab sich alle Mühe ihn heiß zu machen. War auch besser für sie. Sollte sie ihn nicht befriedigen können, würde sie so enden wie etliche ihrer Vorgängerinnen. Die Werkzeuge lagen in einem Koffer unter dem Bett bereit und warteten nur darauf, ihre Aufgabe erfüllen zu dürfen.

Besser als einfacher Sex war für Jerry noch immer das Schreien junger Frauen, die sich unter Qualen hilflos wanden. Er wusste, dass er selbst nie zu einer Legende werden konnte. Dafür tat er es einfach zu selten. Einer einzelnen ermordeten Nutte schenkte die Polizei kaum Beachtung.

Ganz gleich, wie bestialisch sie zu Tode gekommen war. Man wälzte pflichtbewusst ein paar Akten, schob sie von einer Schreibtischseite auf die andere und legte es irgendwann ab. Sollte in der Zwischenzeit ein Zuhälter geschnappt werden, der eines seiner Mädchen um die Ecke gebracht hatte, schob man es dem ganz einfach zusätzlich in die Schuhe.

Nun begann das letzte Ritual vor der Offenbarung. Sie packte sanft seinen Hinterkopf, küsste die kahle Stirn und leckte ihm über die Schläfen.

Ja, genau das ist es. Das ist es, verdammt.

Zwischen Jerry's Beinen begann die Schwellung und es wurde höchste Zeit, das Gummihütchen überzustreifen um sich vor möglichen Infektionen zu schützen. Wenn er sich etwas einfing, war das seine Sache, aber Pam sollte auf keinen Fall unter so etwas zu leiden haben, obwohl er im Grunde lieber mit blanker Waffe focht.

"Komm zu mir", hauchte er. "Du bist das zarteste Wesen, das ich jemals berührt habe. Ein wahrer Leckerbissen, zum vernaschen."

"Ich tue viel für meine Haut. Sie soll immer jung und schön bleiben."

Jerry fragte sich, was das Geheimnis dieser Haut war und träumte davon, sie in einem Stück von dem darunter liegenden Fleisch lösen zu können, um sie selbst zu tragen. Dazu bräuchte man ein besonders scharfes Messer und viel Geschick.

Ruckartig beförderte sie sein Gesicht zu dem Liebesdreieck und genoss die warme Luft seines Atems.

"Willst du wissen, was ich für mein Aussehen tue?" fragte sie stöhnend. „Ich bin älter, als ich aussehe."

Ihr Flüstern drang gedämpft an sein Ohr, so sehr war er damit beschäftigt, seine Zunge in sie hinein zu stoßen. Es war ihm eigentlich vollkommen gleichgültig, wie sie sich so samtweich hielt. Hauptsache war, dass sie sich einfach perfekt anfühlte.

"Ich bade in Blut", stieß sie leise hervor. "Und Blut verleiht ewige Jugend."

Bevor Jerry über die Worte des Mädchens nachdenken konnte, stieß sie ihm hart ihr Knie gegen die Schläfe. Es tat höllisch weh und für einen kurzen Augenblick erschienen grelle Lichtblitze vor seinen Augen. Dann zerquetschte sie sein steifes Glied mit ihrer Ferse, packte ihn am Kinn und schleifte ihn ins Badezimmer.

Alles ging so schnell. Jerry konnte weder reagieren, noch sich verteidigen. Seine Hoden pochten wie verrückt und der Kopf tat immer noch schrecklich weh.

Mit unglaublicher Leichtigkeit warf sie den schweren Mann in die Wanne, krallte ihre Finger in seinen Hals und zerfetzte seine Schlagader. Blut strömte schnell und unaufhaltsam in das weiße Badegefäß und sie bearbeitete weitere Adern an Armen und Beinen, damit Jerry vollständig ausblutete, bevor die bereits ausgelaufene Kostbarkeit gerann.

Rasch warf sie den leblosen Körper zu Boden, nachdem er nichts mehr hergab. Sie legte sich in den roten Lebenssaft, beeilte sich alles über ihren Körper zu verteilen und genoss, wie ihren Poren jeden einzelnen Tropfen aufsaugten.

Sie würde für immer jung bleiben. Es gab Tausende wie Jerry und jeder von ihnen wollte sie haben.

Aber wirklich, jeder.

DAS SCHREIEN

Ich sah das Universum sterben! In sich fallend wie ein Kartenhaus. Äonen und Gezeiten kreuzten sich zu einer unsterblichen Masse aus purem Licht, verwelkend in den Abgrund meiner tiefsten Seele. Das Sein, Bedeutungslos, irrelevant zu den Kräften die ich dort sah.

Letzter Eintrag von Joseph Franklin 18.01.1929

Ein sanfter Hauch in Weiß überzog das Land. Die großen Fichtenwälder lagen schweigend unter ihrer kalten Last im tiefen Tal. Kein Tier war zu vernehmen, kein Lebenszeichen zu hören. Das alte kolonialistische Dorf, versteckt von der Außenwelt, war wie gelähmt von der zu erfrierenden Jahreszeit und ihrer makaberen Melancholie. Still und Geheimnisvoll ging ein leiser Windhauch durch die maroden Straßen der verschneiten Gemeinde. Die angegrauten Giebel sahen verstummt zu dem unaufhörlichen herabfallenden Schnee hinauf. Niemand war mehr auf den Wegen unterwegs. Kaum ein Lichtstrahl Drang aus ihren behüteten Hütten hinaus.

Der grausame Tod von Mr. Franklin traf die Bewohner schockierend. Eine stark zurückgezogene Person, die ein zwielichtiges Ansehen bei seinen Mitmenschen genoss. Nur wenige sahen ihn bei völligem Leibe, außer zum Einkauf oder zum Gang zur Postzweigstelle, verließ er sein Haus nie. Der Mann lebte in vollkommener Einsamkeit und mied den Kontakt zu gut wie möglich. Seit jeher lag im Munde, der werte Herr Franklin ließe sich mit blasphemischen Kulten ein. Durch Gerüchte und üble Nachrede stand sein Ansehen unter keinen guten Stern, doch selbst diesen grauenhaften Tod wünschte ihm keine Menschenseele aus dem kleinen Dorfe.

Sämtliche Knochen waren zerberstet in tausende kleine Splitter, zermahlen zu Staub. Der Körper wies überall vereinzelnd Einstiche, als wäre das letzte Fünkchen Leben aus seiner Gestalt gesogen worden. Sein Haupt war entsetzlich, die Augen riesig weit aufgerissen, das Gesicht grotesk entstellt, als ob er den puren Schrecken gesehen hätte. Der gesamte Schauplatz vermittelte eine furchtbare Vergangenheit. Nicht nur der seltsame Zustand der Leiche war bemerkenswert sondern auch der abscheuliche Geruch in seinem großen Haus, der sich vom Keller bis zum Dach hinzog. Es roch so buchstäblich, nach einem Leben, was gerade ausgelöscht wurde.

Sobald die Hunde diesen bestialischen Gestank rochen gerieten sie in Panik, sie wurden wild vor Wut und äußerst Aggressiv. Allein der Anblick dieses amerikanisch antiken Anwesens verursachte schon ein reines Unbehagen. Das Fundament und der Keller müssten womöglich vor über 100 Jahren erbaut worden sein, in der Zeit als das Dorf gegründet wurde.

Die Verwitterung hat üble Schäden hinterlassen. Nichts wurde intakt gehalten, gar repariert. Die Holzwände waren sehr morsch, feucht und jede einzelne verstaubte Diele knarzte ohrenbetäubend laut. Die Einrichtung war sehr spartanisch gehalten, ein Bett, ein Schrank, ein Stuhl und ein Schreibtisch, größtenteils standen viele Räume leer, ohne Inhalt, ohne Wärme. Kein Dekor oder andere Gegenstände zur Verschönerung des Heims waren vorhanden. Wie konnte ein Mensch nur in dieser verkommenen Bleibe leben?

In den darauffolgenden Nächten, nach dem Tod von Mr. Franklin, ertönte ein nervenerschütterndes Schreien durch die Straßen. Es war klirrend hell, verzerrt, unwirklich. Der Standpunkt war nicht zu orten, wie aus dem nichts. Diese Schreie waren all umgebend, mitten im Kopf. Sie wurden immer lauter und lauter, ein schmaler Grat hat gefehlt und ich wäre Wahnsinnig geworden. Sie schmerzten so sehr, verzogen deinen Verstand. Dann plötzlich verstummten Sie. Am nächsten Morgen traute sich keiner mehr vor die Tür. Die Furcht vor diesen Schreien war zu enorm in das Gedächtnis gebrannt. Zum Bedauern der kleinen Gemeinde nahm dieses Schrecken kein Ende. Nacht für Nacht wurden sie von den verzerrenden Schreien gejagt. Die Situation spitzte sich zu. Der zukünftige Anbruch des Tages wurde mit dem Leichentuch begrüßt. Die Toten wiesen dieselben Symptome auf wie bei dem ersten Opfer. Was auch immer für ein Horror dieses Dorf heimsuchte musste in Verbindung mit dem ersten Fall zu stehen. Dem von Mr. Franklin!

Ich begab mich in sein Haus ein letztes Mal. Der Geruch war noch viel stärker als zuvor, mir wurde ganz Übel. Aus irgendeinem der vielen leeren Räume musste dieser Gestank stammen. Ich forschte nach. Der Boden schrie bei jedem Schritt laut auf. Meine kleine Öllaterne spendete mir ausreichend Licht in diesem finsteren Anwesen. Innen war es merkwürdigerweise kälter als außerhalb, als wenn jegliche Wärme absorbiert wäre. Ein gewisser Raum am Ende des langen Flures strahlte eine besondere Präsenz aus, hier war der Geruch zudem am Intensivsten. Dieser Raum wich von den anderen enorm ab, anstatt von tragenden Balken und feuchten Holzwänden gefertigt zu sein, war dieser Raum komplett aus Stein gemauert, als wäre dieses Anwesen auf einem steinernen Haus erbaut worden. Ich inspizierte die Wände genauer. Dieses Zimmer musste noch viel älter als das Gebäude selbst sein. Auf den großen unförmigen Steinen wuchs eine dicke Schicht aus Moos. Die Bauweise der Wand war sehr merkwürdig. Die Steine waren zwar sehr unförmig, aber passten identisch ineinander. Wie gelang es jemanden so eine individuelle Präzision zu erschaffen?

Da fiel mir ein loser verwitterter Stein auf, der sich von den anderen abhebe, dieser passte sich nicht komplett in das Gefüge ein und verriet sich durch seine großen Lücken. Als ich diesen hinfort zog vernahm ich in einer kleinen Aushöhlung, ein kleines Buch gebunden in einem stark miefenden Ledereinband und einen pechschwarzen Stein. Die Form war atemberaubend, wie unzählige Pyramiden, die ineinander verkehrt, gleichmäßig verschmolzen wären. Die Gestalt war wie aus einem Schlag geformt, als hätte es den Stein schon immer gegeben, oder wäre von keiner Menschenhand geschaffen. Er fühlte sich an wie Metall, doch konnte ich keinen Glanz erkennen.

So eine schwarze Färbung hab ich noch nie erblickt. Ich hatte das Gefühl als wenn das Licht sich selbst in dem Stein verliert. Vor lauter staunen über die seltsame Oberfläche des Steines, musste ich vollkommen die Zeit vergessen haben. Meine Öllaterne erlosch und die Nacht war längst eingebrochen und mit ihr meine Privatsphäre. Ein ungutes Gefühl durchzog meinen Körper. Ich fühlte mich beobachtet. Hastig machte ich mich auf den Weg. Ich verließ den Raum und war stark verwundert. Am Ende des langen Flures stand etwas, es war zu dunkel um genau zu erkennen was dort lauerte. Mein Atem begann sich zusammenzuziehen. Nur der Mond schien aus der kühlen Nacht durch das verdreckte Fenster. Einzig und allein war eine schwarze Silhouette zu erkennen. Ich war durchstoßen von Adrenalin.

Die Temperatur fiel stark. Mein Schweiß gefror gar am Hals. Die eiskalte Luft schmerzte in der Lunge. Ich vergaß die alten Bodendielen und unvorsichtig beschwor ich ein lautes Knarzen, das durch den Flur hallte. Der Schatten bewegte sich. Meine Beine zitterten. Die Augen waren starr vor Angst bei dem Anblick der sich mir offenbarte. Diese Bewegung war sehr abstrakt, ohne wiederkehrenden Rhythmus, es wirkte wie ein zerlaufener Fluss in alle Richtungen. Der Licht spendende Mond wurde nun ganz und gar von dieser schwarzen Gestalt verdeckt. Mein Augenlicht versiegte. Ein aufbrausendes Gemurmel aus tausenden Stimmen war zu hören. Es klang wehleidig und nach Hilfe schreiend. Auf einmal öffnete sich der Schatten, eine Lichtflut durchbrach, das von der Dunkelheit getrübte Auge. Es war ein transzendentes Licht, Farben die ich noch nie im Leben erblickt hatte. Ich war schier geblendet davon. Mein Kopf schmerzte, dieses Licht war nicht Gut, die Stimmen wurden immer tosender. Der Schein kam immer näher gleich hätte es mich erreicht, da hielt ich aus lauter Verzweiflung den pechschwarzen Stein zum Schutze. Ein allumfassender Schrei hallte durch das gesamte Haus. Plötzlich kam die Wärme wieder, das Licht war verschwunden.

Was ist geschehen?

DER TEUFEL
VERZEIHT NIEMALS!

Bevor es gleich Nacht wird und „ Er", wie angedroht mich abholt, habe ich ein wenig Zeit über mein Leben nach zudenken. Es ist wahr, ich war ein arrogantes selbstverliebtes Arschloch. Über alles und jeden habe ich mich Lustig gemacht. Ich habe dicke, dünne und hässliche Menschen verspottet. Meine Frau und die Kinder behandelte ich wie den letzten Dreck. Ja sogar Gott und den Teufel.

Die Menschen ignorieren mich, Gott verzeiht, aber den Teufel verspottet man nicht ohne dafür zu büßen. Und das soll ich jetzt erleben aber nicht überleben.

Das hat er mir gestern Nacht bei seinem ersten Besuch versprochen, nein angedroht. Als ich mich gestern in meinem Büro mit Schlafgelegenheit hinlegte, weil ich den Familienlärm nicht ertrug, War ich eingeschlafen. War ich wirklich eingeschlafen? Ich vernahm plötzlich einen unangenehmen Geruch. Es roch nach Schwefel und Schlachthaus. Mein Körper wurde Taub, nur mein Denkvermögen funktionierte noch.

Dann stand er vor mir. Der Teufel. Er sah mich mit seinen grausamen Augen Hasserfüllt an. Sein Körper war blutbesudelt und schien zu leuchten. Mit seinen riesigen Pranken ergriff er mich und raunte mir mit einer schrecklichen Stimme die Worte ins Ohr, die mein Schicksal besiegeln sollten: Du Wurm hast mich verspottet, niemand verspotten den Fürsten der Hölle. Du wirst spüren was schmerzen sind und Hoffnungslosigkeit bedeutet.

Jede Nacht komme ich wieder, und Du wirst Dir wünschen niemals meinen Namen in den Mund genommen zu haben. Dann gellte ein grauenhaftes Gelächter aus seiner Fratze, das so laut war, das mir die Trommelfelle platzten. Dann war er womöglich fort

Ich fing an zu schreien, nein ich schrie nicht, ich kreischte bis mir die Lungen zu platzen drohte.

Doch es kam kein Ton raus. Ich wollte aus dem Bett springen und fliehen, doch ich konnte mich nicht bewegen. Ich spürte nur die Schmerzen.

Jetzt bricht gleich wieder die Nacht herein und ich bin gefangen. Gefangen in meinem Körper und in diesem gottverdammten Traum. Aber das ist kein Traum. Ich bin Wach, sogar hellwach. Ich kann nur warten, warten auf die nächste Nacht. Angst habe ich, fürchterliche Angst.

Die Stimmen meiner Familie dringen durch die Tür. Sie lachen. Warum schaut keiner hier rein, vermissen sie mich nicht?

Verdammt, holt mich hier raus, holt mich aus diesem Alptraum der keiner ist.

Oh Gott nein, die Nacht ist angebrochen und dieser widerliche Geruch ist wieder da.

Er steht plötzlich vor meinem Bett. Höhnisch lachend greift er nach mir als wäre ich eine Puppe meiner Tochter.

Der Griff seine Pranke lässt die Rippen meiner Brust bersten. Einige Rippen durchdringen meinen Brustkorp. Ich schreie vor Schmerzen. Doch je lauter ich schreie, desto lauter lacht der Teufel.

Ich ahne, das ist erst der Anfang. Der Anfang eines langen Sterbens.

Mit den Worten: Bereit fürs Sterben?

Reißt er ich mich mit in sein Reich, der Hölle.

Ich erkenne Menschen, viele Menschen die an den Wänden hängen und von schrecklichen Bestien zerfleischt werden. Sie reißen ihnen Gliedmaßen ab und fressen sie.

Die Schreie sind unerträglich. Überall liegen menschliche Teile herum. Die Bestien streiten sich um Gedärme, die noch halb in den Bäuchen der Opfer sind.

Es dauert lange, bis die Schreie verstummen und nur noch menschliche Kadaver an den Wänden hängen.

Ich werde auf eine Art Opfertisch geworfen. Er stinkt nach Blut. Leichenteile liegen noch darauf.

Wenn ich doch jetzt nur sterben könnte.

Der Teufel gibt ein Zeichen und zwei Ratten, groß wie Bluthunde kommen auf mich zu. Die Zähne sind blutrot und sehen wie Sägeblätter aus. Aus dem Maul kommt stinkender Schleim. Sie nähern sich meiner Beine.

Oh Gott, was passiert hier, sie fangen an meine Beine zu fressen. Ich schreie, die Schmerzen sind nicht Beschreibbar. Die Knochen bersten wie morsches Holz. Ich werde von den Bestien hin und her gerissen. Jedes zuschlagen ihrer Reißzähne bringt mich dem Wahnsinn näher.

Der Teufel lacht und trennt meine Unterschenkel ab und wirft sie den anderen Bestien zu.

Ich kann nicht mehr schreien, ich kann nichts mehr. Mich nur noch meinem Schicksal ergeben. Doch die Bestien machen noch weiter, sie zerfleischen meine Arme. In ihrer Fresssucht reißen sie sie mir aus dem Körper. Ich werde mitgeschleift, bis die Arme endgültig meinen Körper verlassen haben. Mein Herz pocht so laut, das es das Lachen Satans übertönt. Ein Auge quillt aus meiner Augenhöhle.

Plötzlich reißt der Höllenfürst mich hoch und schleudert mich nach oben. Ich lande in meinem Bett.

Der Teufel steht vor mir und ergötzt sich mit einem grausamen Lachen an den restlichen Körper von mir.

Er geht wieder, aber nicht ohne mir zu sagen: Das war erst der Anfang. Morgen Nacht komme ich wieder.

Ich schreie vor Schmerzen, doch keiner kann mich hören.

Ich bin wieder alleine. Das warme Blut verteilt sich in meinem Bett.

Hoffnung steigt in mir auf, ich werde verbluten. Ja, ich werde verbluten und dann bin ich endlich Tot. Ich lache wie ein Wahnsinniger. Hurra, ich schlage dem Teufel ein Schnäppchen und verblute einfach. Doch ich verblute nicht, oh Gott, warum verblute ich nicht? Ich schaue auf meine Beine herunter, aber da sind keine mehr. Auf jeder Seite ragen nur noch weiße Knochenreste raus und überall Blut.

Auf meinem Bauch liegen meine abgetrennten Hände. Wie zum Hohn zu Gebet verschränkt. Ich bin nur noch ein blutender Torso, der nicht sterben kann.

Und gleich ist es wieder Nacht. Durch die Tür kann ich wieder meine Familie hören. Wie gerne würde ich bei ihnen sein und sagen, wie sehr ich sie liebe und sie um Verzeihung bat. . .

Ein Geräusch unterbricht meine Gedanken. „ Er „ ist wieder da. Nein bitte nicht. Lass mich sterben. Wenn es eine Gott gibt, bitte lass mich sterben.

Vergebens, ich werde wieder herunter gerissen. Hat dieser Mistkerl kein Mitleid?

Die Antwort bekomme ich jetzt zu spüren.

Ich werde auf eine Art Stuhl geschnallt. Meine Beinstümpfe hängen herunter.

Zwei Sklavinnen des Satans kommen auf mich zu. Sie stinken nach verfaultem Fleisch und ihre Gesichter sind derart entstellt, das mir bei Ihrem Anblick der Atem stockt. Die Münder befinden sich an der Stelle, wo normalerweise die Wangen sind, die Augenhöhlen sind auf der Stirn.

Die Nasen sind blutige Löcher aus denen Schleim fließt.

Sie nähern sich mich mit einer Art Schmiedezange.

Die Hoffnung, dass ich keine Schmerzen empfinde, bei dem was sie mit mir vorhaben habe ich aufgegeben. Ich ahne, das wird höllisch.

Sie kommen mit einem grausamen Lachen auf mich zu und rammen ihre Zangen in meinem Leib. Ich kann nicht mehr schreien. Nur noch schmerzen verspüre ich. Sie hören nicht auf ihre Zangen in meinem Leib zu rammen. Immer und immer wieder. Und sie ziehen etwas heraus. Mein Gott, das sind Gedärme, meine Gedärme.

Will das nicht endlich aufhören? Ich habe genug gebüßt. Satan, hör auf und töte mich endlich. Bitte, bitte, bitte.

Die Antwort ist ein höllisches Lachen.

Ich werde sterben, ganz langsam sterben. So schmerzhaft wie es sich keiner vorstellen kann. Sie öffnen jetzt, nein sie zerreißen die Bauchdecke.

Oh Gott, ich kann nicht mehr.

Eine dieser Bestien rammt jetzt ihren Kopf in meine Bauchhöhlen. Sie fängt an zu schmatzen. Sie, sie frisst mich von Innen auf. Ihre blutverschmierte Fratze taucht vor meinem Gesicht auf. In ihrem Maul sind Teile meiner Gedärme. Auch die andere Bestie, fängt an mich von Innen aufzufressen.

Die Stimme Satan erschüttert die Hallen der Hölle: Freunde, ja auch Du mein Freund, ich habe noch eine große Überraschung für euch. Schau hin mein Freund, erkennst Du sie?

Ich glaube, ich habe für meinen Frevel genug gezahlt. Ich habe mein Leben gegeben. Doch was ich jetzt sehe, übertrifft alle erlittenen Schmerzen. In eine Senke in der Mitte der Halle steht meine Familie. Meine Frau, mein Sohn, meine Tochter. Sie sind blutverschmiert und umarmen sich.

Wieder wendet sich der Mistkerl an mich und spricht ganz langsam: Jetzt erst wirst Du begreifen, was es heißt, sich mit dem Teufel anzulegen.

Auf sein Zeichen stürzen sich dutzende von Bestien auf meine Familie und zerfleischen sie vor meinen Augen. Ich höre ihre Schreie, ich sehe ihre Gliedmaßen durch die Luft wirbeln. Ich sehe sie sterben. Ich spüre eine Träne aus meinem intakten Auge laufen.

Plötzlich reißt der Teufel meinen noch zuckenden Torso hoch und lacht mir ins Gesicht: Jetzt wird es Zeit, dass Du wirkliche schmerzen erfährst. Er schmeißt mich ins Fegefeuer, aus dem unsägliche Schreie kommen.

Jetzt weiß ich sicher, dass ich weder Träume, noch jemals sterben werde. Und ich werde auf ewig daran denken, das ich meine Familie getötet habe.

Ich werde auf ewig ein Klumpen Schmerz und Trauer sein.

DER LOTTOGEWINN

Es war gegen acht Uhr abends, als das Telefon klingelte. Ich saß gerade am Schreibtisch und sortierte die Notizen der Gespräche, die ich im Lauf des Tages mit Klienten geführt hatte, in meinen Karteikasten. Ich kann mich immer noch nicht dazu durchringen, den neuen Computer für meine Fallnachbearbeitung zu verwenden, irgendwie erscheint es mir unangemessen, die Seelenqualen meiner Klienten einem elektronischen Gedächtnis anzuvertrauen. Dabei glaube ich nicht, dass eine Festplatte unsicherer oder unzuverlässiger ist, ich bin einfach nur altmodisch.

In meiner langjährigen Berufserfahrung habe ich gelernt, dass die wesentlichen Details einer therapeutischen Sitzung ohnehin nur unzureichend dokumentiert werden können. Zerfahrene Gesten, unstete Blicke, die Haltung, die jemand in dem bequemen roten Sessel einnimmt, den ich für meine Klienten vor ein paar Jahren gekauft habe, die emotionale Spannung, die sich im Lauf der üblichen 50 Minuten abbaut, all das habe ich in meinem schier unerschöpflichen Gedächtnis gespeichert und kann es in Sekundenbruchteilen wieder abrufen, wenn der Klient zum nächsten Termin erscheint.

Ich überlegte, ob ich um diese Zeit noch ans Telefon gehen sollte. Meine Klienten wissen, dass ich nur bis 18 Uhr alle zehn Minuten vor der vollen Stunde persönlich erreichbar bin, für Terminvereinbarungen oder -absagen nutzen sie meistens den Anrufbeantworter, da mein Telefon ohnehin während einer Sitzung abgeschaltet ist. Ich beschloss, das Klingeln zu ignorieren und zu warten, bis das Telefon auf den Ansagetext umschaltete.

Offensichtlich hatte ich vergessen, das Gerät einzuschalten. Ich hatte in der Zwischenzeit meine Konzentration beim Sortieren der Karteikarten ohnehin verloren, also hob ich ab.

„Ja, bitte?" sagte ich mit einem Tonfall in der Stimme, der dem Anrufer meinen Unwillen zeigen sollte.

„Gott sei Dank sind Sie da." Ich erkannte die Stimme, es war ein Mann, der seit sieben Wochen bei mir in Behandlung war. Er kam zu mir, weil er sich völlig überschuldet hatte und überzeugt war, dass die Ursache für sein Unvermögen, finanzielle Angelegenheit zu handhaben, irgendwo in seiner Kindheit verborgen war. Ich hatte ihn gestern Abend als letzten Klienten und er machte den Eindruck, als ob er sehr gelöst und zufrieden mit dem Fortschritt seiner Therapie sei. Jetzt konnte ich in seiner Stimme den Ausdruck völliger Verzweiflung hören.

„Entschuldigen Sie die Störung. Ich, ähm, ich bin mir nicht sicher, ob es richtig ist, sie überhaupt anzurufen. Ich weiß nicht, wie ich's ausdrücken soll, aber ich bin völlig in Panik, ich, ich weiß nicht mehr, wer ich bin und was passiert ist, nein, was passiert ist, weiß ich und ich weiß auch warum, aber ich wollte das doch nicht. Mein Gott, was mach ich nur?"

Ich ließ ihm eine kleine Pause, bevor ich ihn fragte: „Können Sie mir sagen, was geschehen ist?"

„Ja, nein, zumindest nicht hier am Telefon. Oh Gott.", er fing an zu weinen. „Ich weiß nicht mehr weiter. Was mach ich nur?"

Allem Anschein nach hatte der Mann einen akuten psychotischen Schub. Ich atmete tief durch.

„Bitte hören Sie mir jetzt ganz genau zu. Ich habe Ihnen bei unserer ersten Sitzung die Nummer der psychiatrischen Notfallambulanz gegeben. Ich möchte, dass Sie jetzt auflegen und dann sofort dort anrufen. Die Leute dort sind sehr nett, man wird sich sehr kompetent und menschlich um Sie kümmern."

„Nein!" Er schrie förmlich ins Telefon. „Ich möchte mit Ihnen reden."

„Sie wissen, dass ich für solche psychischen Notfälle nicht ausgebildet bin. Ich bin kein Arzt und ich kann es nicht verantworten, wenn Sie sich in dieser Situation etwas antun würden."

„Was sollte ich mir denn noch antun? Ich hab's mir doch schon angetan, verstehen Sie das nicht?"

Aus irgendeinem Grund, der tief in unserer Verantwortung für unsere Klienten begründet ist, nehmen wir Therapeuten das Wort „Selbstmord" nur äußerst ungern in den Mund. Vielleicht haben wir auch nur einfach Angst, mit unserem Versagen konfrontiert zu werden, wenn sich einer unserer Klienten umbringt. Ich schwieg ein paar Sekunden.

„Sie könnten vielleicht auf den Gedanken kommen, sich das Leben zu nehmen."

„Mir das Leben zu nehmen?" Er lachte hysterisch. "Nein, nein, nein, alles bloß das nicht. Das Gegenteil ist der Fall, das komplette Gegenteil." Die letzten Worte flüsterte er nur noch.

Ich wurde neugierig. „Kommen Sie vorbei", sagte ich. „Aber fahren Sie nicht selbst, nehmen Sie ein Taxi."

Ich war während der letzten Minuten des Gesprächs aufgestanden und sah zum Fenster hinaus. Auf dem Rasen im Garten lagen noch immer Laubreste und verdorrte Äste, die der Sturm in der vergangenen Woche von den Bäumen geweht hatte. Die paar Buchen und der alte Apfelbaum hinten am Zaun, von dem eigentlich nur die Nachbarskinder profitierten, waren nun völlig kahl. Ich mag keine Äpfel, meinetwegen sollen andere sie essen, wenn sie das Bedürfnis danach haben.

Der Nebel war mittlerweile ziemlich dicht geworden, und auf den vertrockneten Überresten der Stauden in dem kleinen Beet vor meiner Terrasse bildete sich leichter Raureif. Ich liebe diese Jahreszeit, mit ihrer frühen Dunkelheit und den nahezu lautlosen Nächten. Im Sommer, oftmals bis in den Oktober hinein, kann ich immer den Lärm des nahen Biergartens hören, das Lachen der Gäste und das Klirren der Bierkrüge. Ich lache nicht gerne. In meinem Beruf, falls man das überhaupt so nennen kann, gibt es wenig Raum für Lachen und ich denke, ich würde diejenigen, die sich mir anvertraut haben, mit zu viel Humor nur verunsichern.

Was ich tat, war unverantwortlich. Der Mann gehörte in die Notfallambulanz und zwar auf schnellstem Weg. Aber das kurze Gespräch hatte eindeutig mein Interesse geweckt, und eine meiner vielen Schwächen besteht darin, dass ich meine Neugier nicht zügeln kann. Was war passiert, das den Mann so in Panik versetzt hatte? Und was war das Gegenteil von sich das Leben nehmen? Was hatte er getan? Ich fuhr mit beiden Händen durch die Haare und atmete tief ein. Cassandra, meine Hündin, die bislang vor sich hin dösend neben dem Sofa gelegen hatte, schien zu spüren, dass irgendetwas Beunruhigendes in der Luft lag. Sie stand auf und lief aufgeregt mit angelegten Ohren durchs Wohnzimmer, ihren Schwanz seltsam zwischen den Hinterbeinen eingezogen. Ich habe keine Ahnung, welcher Hunderasse sie angehört. Vor ein paar Jahren habe ich sie bei einem Urlaub auf Rhodos streunend aufgelesen, eigentlich war sie mir über den Weg gelaufen und dann nicht mehr von meiner Seite gewichen. Es war erstaunlich einfach gewesen, sie unter Umgehung aller Formalitäten nach Deutschland zu bringen und seither hatte ich einen griechischen Straßenköter.

Es war etwa eine viertel Stunde vergangen seit dem Telefonat, als es an der Tür klingelte. Der Mann sah völlig verstört aus. Er war kreidebleich, offensichtlich hatte er trotz der Kälte stark geschwitzt, da ihm die Haare in feuchten Strähnen ins Gesicht hingen. Er sah an mir vorbei in den Hausflur, in dem wie immer eine Menge ungenutzter Schuhe kreuz und quer durcheinander standen. Er sagte kein Wort, machte allerdings einen seltsam gehetzten Eindruck. Als er an der Treppe zum ersten Stock vorbeikam, blickte er suchend nach oben und sah dann ein paar Schritte weiter durch die offene Küchentür prüfend in den Raum.

„Sind Sie sicher, dass Sie allein sind?" fragte er, als er sich im Wohnzimmer in den roten Sessel gesetzt hatte.

Ich bestätigte und blickte ihn gleichzeitig fragend an. Er war etwa eins neunzig groß, aber so wie er jetzt eingesunken im Sessel saß, hätte man auch glauben können, er wäre von eher unterdurchschnittlicher Größe. Er schien seine gesamte Körperspannung verloren zu haben. Ich brachte ihm unaufgefordert ein Glas Wasser und sah, wie seine Hände zitterten, als er das Glas nahm. Eine Weile saßen wir uns schweigend in der klassischen Therapiekonstellation gegenüber.

Als er schließlich zu sprechen anfing, war ich überrascht, wie brüchig seine Stimme mit einem Mal klang.

„Glauben Sie an Übersinnliches?" fragte er. Bevor ich antworten konnte, sprach er mit festerer Stimme weiter. „Nein, ich sollte meine Frage vielleicht präzisieren. Glauben Sie an den Teufel?"

Ich ließ mir Zeit mit der Antwort und sagte schließlich: „Ich glaube nicht an Gott, also warum sollte ich an den Teufel glauben?"

„Oh, sie sollten", sagte er. „Bis heute Abend habe ich das auch nur als albernes Gerede abgetan, als haltlose Drohung der Kirche, um ihre Schäfchen bei der Stange zu halten. Bis mir vor etwa einer Stunde das Schrecklichste passiert ist, was einem Menschen zustoßen kann."

„Erzählen Sie's mir."

Er machte eine Pause.

„Wie Sie ja wissen, habe ich fürchterliche finanzielle Schwierigkeiten. Meine Kreditwürdigkeit ist seit Jahren weg, mein Konto ist um Unsummen überzogen und zurzeit bekomme ich kein Geld von der Bank. Als ich gestern nach unserer Sitzung nach Hause fuhr, war ich schrecklich verzweifelt. Ich hatte keine Ahnung mehr, wie ich meinen Verpflichtungen nachkommen sollte."

„Sie wirkten so gelöst auf mich", sagte ich.

„Äußerlich ja, und es tut mir auch gut, wenn ich bei Ihnen bin, aber meistens fällt nachher die ganze Euphorie, die ich in der Therapie gewinne, innerhalb von wenig Minuten in sich zusammen."

„Das hatten Sie mir gegenüber bisher nie erwähnt."

Ohne auf den Einwurf einzugehen, fuhr er fort: „Sie sollten wissen, ich spiele regelmäßig Lotto, jeden Mittwoch und Samstag. Ich weiß, es ist lächerlich, ich sollte das wenige Geld, das mir bleibt, nicht auch noch in diesen Unsinn stecken. Aber es ist so eine Art Strohhalm, an den ich mich klammere. Vor jeder Ziehung denke ich mir, diesmal hast Du Glück, diesmal trifft es endlich auch mal dich. Ich schau mir die Ziehungen nie im Fernsehen an, sondern immer erst am nächsten Tag abends im Internet. So bleibt mir wenigstens die Illusion eines Gewinns einen Tag länger erhalten."

„Ich verstehe", sagte ich, „aber was hat das mit dem Teufel zu tun?"

„Gestern Abend, in meiner Verzweiflung." Er stockte, bis ich ihn durch ein leichtes Nicken zum Weitersprechen aufforderte.

„Ich habe einen Pakt mit dem Teufel geschlossen. Ich weiß, es klingt verrückt, aber ich war so am Ende. Also sagte ich, Hör zu Teufel, wenn's dich gibt, dann hilf mir aus der Scheiße. Lass mich heute im Lotto gewinnen. Wenn ich mindestens hunderttausend gewinne, dann kannst Du meine Seele haben. Und ich hab mir dabei gedacht, mein Gott, jetzt wirst du verrückt, du bist komplett durchgedreht."

Ich sagte nichts, sondern sah ihn einfach nur prüfend an. Das Ganze klang absurd und eindeutig nach einem psychotischen Schub.

Er stand auf und ging auf meinen Computer zu.

„Können Sie bitte Ihren Rechner einschalten?"

Ich drückte auf den Schalter und wartete bis die Oberfläche des Betriebssystems bereit war.

„Darf ich mich setzen?" fragte er. Ich nickte. Während er sich ins Internet einwählte, sagte er: „Ich wusste, dass etwas passiert war. Gestern Abend, genau zu der Zeit, als die Zahlen gezogen wurden, spürte ich mit einem Mal, wie eine eisige Kälte durch meine Glieder zog."

„Sie reden sich etwas ein", unterbrach ich ihn. „Was immer passiert ist, war Zufall, nichts weiter." Es musste in seinen Ohren wie ein matter Erklärungsversuch geklungen haben, denn er ließ sich durch Nichts beirren.

„Sehen Sie", sagte er und zeigte auf den Bildschirm. „Das ist die Webseite der Lottogesellschaft. Ich habe dort ein Online-Konto und bekomme alle Gewinne auf dieses Konto gutgeschrieben. Nun ja, bisher war noch nie was gutzuschreiben." Er sah mich eindringlich an, dann blickte er wieder auf den Bildschirm, und tippte seinen Benutzernamen und ein notwendiges Passwort in zwei Eingabefelder. „Bis heute."

Eine neue Seite öffnete sich, die aussah wie ein Kontoauszug einer Bank. Seine Hand zitterte stark, als er auf die Zahl in der obersten Reihe zeigte. Dort war deutlich die Gewinnsumme zu lesen, 100.000 Euro.

Ich hielt die Luft an und atmete dann hörbar aus.

„Glauben Sie immer noch an Zufall?" fragte er und als er weiter sprach, wurde seine Stimme mit jedem Wort schriller.

„Begreifen Sie, was da steht? Ich bin meine Geldsorgen los, aber um welchen Preis?" Er schwitzte jetzt stark. „Um den Preis der Hölle! Ich habe dem Teufel meine Seele verkauft! Verstehen Sie jetzt, warum ich nicht im Traum darauf komme, mir das Leben zu nehmen? Begreifen Sie, was passiert ist?"

Ich trat ans Fenster und drehte ihm den Rücken zu. Die Nebelschwaden waren jetzt so dicht, dass ich den Apfelbaum nicht mehr sehen konnte. Sie hatten mittlerweile die Farbe angenommen, die mir so vertraut war.

„Können Sie mir helfen?" fragte er leise.

Ich sagte lange nichts und betrachtete sein Spiegelbild im Fenster.

„So wie's aussieht, sitzen Sie ganz schön in der Klemme", sagte ich.

Er zuckte zusammen, weil das offensichtlich nicht die Antwort war, die er erwartet hatte. Dann, unendlich langsam, als er anfing, zu begreifen, weiteten sich seine Augen und er stieß einen lang gezogenen Schrei aus.

„Finden Sie nicht auch, dass es hier ein wenig nach Schwefel riecht?" fragte ich, als ich mich umdrehte und langsam meine Maske abnahm.

GEBURTSTERMIN

Es ist eine Weile vergangen und ich denke, ich bin nun in der Lage, darüber zu berichten, was mir widerfahren ist.

Was ich Ihnen zu berichten habe, dürfe schwer zu glauben sein. Ich kann Ihnen jedoch versichern, dass sich alles, was ich hier aufschreiben werde, so zugetragen hat. Und wenn ich auch in Kauf nehmen muss, dass man mich für meine Tat hassen und verurteilen wird, so werde ich nichts verschweigen.

Natürlich wird es schwierig sein, bestimmte Dinge zu verstehen, aber ich kann Sie diesbezüglich beruhigen, denn selbst ich habe noch nicht alles verstehen können. Nun lesen Sie meine Geschichte und bilden Sie sich Ihr eigenes Urteil.

Ich wünsche viel Vergnügen!

Wie lange ich den Kopf anstarrte, weiß ich nicht mehr. Ich weiß aber noch, dass es ein Freitagmorgen und es draußen bitterkalt war. Ja, es war Januar. Ein eiskalter Januar.

Nun, ich erwachte an diesem Morgen aus einem traumlosen, tiefen Schlaf. Es muss noch sehr früh gewesen sein, denn es drangen kaum Geräusche von der Straße hinauf in meine Wohnung. Kurz war ein Fuhrwerk zu hören, doch das Klappern der Hufe wurde vom frisch gefallenen Schnee angenehm gedämpft.

So öffnete ich also meine Augen und erblickte die mit Stuck verzierte Decke meines Schlafzimmers. Allmählich schärfte sich mein Blick und ich betrachtete eine Weile den Lüster. Um aufzustehen fehlte mir die Motivation, außerdem schien mir mein gemütliches und warmes Bett bei dieser klirrenden Kälte der beste Ort zu sein. Vielleicht sollte ich noch etwas schlafen und den Tag später beginnen – dachte ich, es warteten ohnehin nicht viele Verpflichtungen auf mich.

Ich hatte das Bedürfnis mich zu strecken und hob meine Arme. Ein langes Gähnen trieb die letzte verbrauchte Luft aus meinen Lungen und genüsslich drehte ich mich zur Seite, da erblickte ich ihn.

Ich erkannte ein weibliches Halbprofil umrandet von blonden, zum Teil hochgesteckten Locken. Der sauber durchtrennte Hals endete abwärts im Nichts.

Bitte fragen Sie mich nicht, was man in solch einem Augenblick denkt, denn solch ein Anblick schaltet jegliches Denken aus. Es war so irrational, dass mein Gehirn nicht in der Lage war, die Situation zu erfassen.

So lag ich also an einem kalten Freitag im Januar auf die rechte Seite gedreht in meinem Bett und betrachtete erschrocken und fassungslos einen Frauenkopf, der sorgfältig auf ein Kissen gebettet neben mir lag.

Nur ganz langsam löste sich die Starre, in die dieser Anblick meinen gesamten Körper versetzt hatte. Als erstes bewegte ich komischerweise meine Füße. Dann zog ich meine Knie hoch, schlug die Bettdecke zur Seite und sprang mit einem rekordverdächtigen Satz aus dem Bett.

Langsam ging ich um das Bett herum, um mir diesen – war das tatsächlich ein menschlicher Kopf? – nun ja...um mir die Frau näher anzuschauen.

Als ich in die leblosen, aufgerissenen Augen starrte, wurde mir übel. Mir wurde so übel, dass ich mich vorbeugte und mich gleich an Ort und Stelle zwischen meine Füße erbrach.

Sie haben dafür sicher Verständnis, nicken vermutlich leicht mit dem Kopf und denken „Wer würde da nicht kotzen müssen!?" Aber es war nicht nur alleine die Tatsache, dass ein Frauenkopf in meinem Bett lag, sondern, dass es der Kopf meiner Frau war!

Sie müssen wissen, dass Linda vor ungefähr 6 Monaten an einer toxischen Diphtherie gestorben ist und mit ihr unser ungeborenes Kind, dass sie mit sich getragen hat.

Seitdem lebe ich alleine, versuche halbwegs meinen Geschäften nachzugehen und mich nicht gehen zu lassen, obwohl es mir an manchen Tagen schon schwer genug fällt, mir auch nur das Gesicht zu rasieren.

Ich stand also vor meinem Bett, hatte Erbrochenes auf meinen Füßen und starrte meiner vor mehr als einem halben Jahr verstorbenen Ehefrau in die leblosen Augen.

Wie in Zeitlupe machte ich nach einer halben Ewigkeit endlich einen kleinen Schritt auf das Bett zu und beugte mich vor. Erst jetzt fiel mir auf, dass auf dem gesamten Kissen nicht die kleinste Spur von Blut zu entdecken war. Wie ein treuer Hund brachte ich meinen Kopf in Schräglage und flüsterte leise: „Linda."

Seltsam, dass ich ans Reinigen dachte, doch ich befreite meine Füße und den Teppich sorgfältig von meinem Erbrochenen und stärkte anschließend meine Nerven mit einem heißen Kaffee. Im Flur meiner Wohnung ging ich auf und ab und dachte nach.

Ich überlegte, was ich wohl tun sollte. Sollte ich gehen und jemandem davon berichten, vielleicht sogar die Polizei benachrichtigen?

Aber was genau sollte ich ihnen mitteilen? Es klang doch wirklich zu absurd.

Ich hatte Angst davor, den Verstand verloren zu haben, denn das, was da in meinem Bett lag, war doch nicht wirklich ein Kopf – Lindas Kopf – oder doch?!

Mir gingen unzählige Fragen durch den Sinn und hinter meinen Schläfen begann es pochend zu schmerzen.

Ich scheute mich davor erneut mein Schlafzimmer zu betreten, so dauerte es wohl Stunden, bis ich doch vorsichtig die vorher verriegelte Schlafzimmertüre öffnete und durch einen kleinen Spalt auf mein Bett blickte.

Der Kopf – Linda – war noch da. Und nicht nur das, ich konnte deutlich ihren Oberkörper erkennen!

Verdammt – am Morgen war es doch nur ihr Kopf gewesen, dies hatte ich ganz deutlich gesehen. Wie zum Henker also war es möglich, dass nun auch ihre Schultern und ihre blassen Brüste auf meinem Bett lagen?

Was hätten Sie an meiner Stelle getan? Wären sie um Hilfe schreiend aus der Wohnung geflüchtet oder wären Sie neugierig ins Zimmer getreten, hätten sich vor dem Bett platziert und hätten den Torso angestarrt?

Genau das tat ich.

Völlig verstört stand ich da und konnte keinen klaren Gedanken fassen. Wie war das nur möglich?

Ich meine, es war ja schon absurd genug, Lindas Kopf in meinem Bett vorzufinden, aber nun auch noch zu beobachten, dass sie „wuchs" war doch völlig irrational!

Ein Schwindelgefühl machte sich in mir breit. Um mich nicht schon wieder übergeben zu müssen, machte ich kehrt und verließ so schnell es mir möglich war das Zimmer.

Schwankend und nach Luft ringend lehnte ich mich von außen an die Türe. Ich schloss die Augen und hoffte, nicht das Bewusstsein zu verlieren.

Als ich meine Augen wieder öffnete, fand ich mich vor der Schlafzimmertüre auf dem Boden liegend wieder.

Bitte fragen Sie mich nicht, wie viel Zeit vergangen war, denn ich kann es nicht mehr genau sagen. Jegliches Zeitgefühl war verschwunden. Ich bemühte mich aufzustehen, doch das war gar nicht so einfach. Mir war nach wie vor schwindlig, noch dazu fühlte sich mein Kopf an wie eine überreife Tomate. Noch während ich so da saß, streckte ich meinen Arm nach oben und zog die Türklinke hinunter, um die Tür zu öffnen und einen weiteren Blick auf meine – tote – Frau zu werfen.

Tja, ich weiß kaum, wie ich das beschreiben soll, aber obwohl ich wusste, dass Linda noch da war, konnte ich ihr Gesicht nicht erkennen. Etwas versperrte mir die Sicht auf ihr Gesicht und ob Sie es glauben oder nicht, dieses Etwas war ein Bauch – Lindas Bauch!

Ja, ja... es klingt unglaublich, ich weiß das! Was, glauben Sie, habe ich wohl gedacht!? Denken Sie nicht auch, dass ich zum wiederholten Male an diesem Vormittag an meinem Verstand zweifelte? Glauben sie allen Ernstes, ich hätte tatsächlich begriffen, was meine Augen da erblickten?

Ich begann irre zu kichern – das war meine Reaktion auf Lindas Bauch. Zugegeben, besser als eine weitere Ladung Erbrochenes, aber umso furchteinflößender. Mit diesem irren Kichern bestätigte sich, dass ich dabei war, meinen Verstand zu verlieren.

Nachdem ich es endlich geschafft hatte, mich vom Boden zu erheben, schlenderte ich zu meinem Bett. Sie haben richtig gelesen – ich schlenderte, denn mittlerweile war ich an einem Punkt angelangt, an dem ich versuchte, die Situation meiner bisherigen Einsamkeit und dem Schmerz über Lindas Tod zuzuschreiben. Ich vermisste meine Frau vermutlich so sehr, dass mir mein Gehirn sie nun reproduzierte, um meinen Schmerz zu lindern. Dies war die einzige Erklärung, die mir halbwegs logisch erschien.

Beinahe heiter stand ich da und betrachtete den leblosen Körper.

Lindas leicht nach rechts geneigten Kopf mit den aufgerissenen Augen, ihr blasser, kleiner Busen und den beachtlichen Bauch.

Warum aber, gaukelte mir mein Gehirn einen so großen Bauch vor? Linda war eine zierliche Person gewesen, die selbst zu Beginn ihres dritten Schwangerschaftsmonats kaum Bauch hatte.

Wenn Sie einmal versuchen, sich gedanklich in meine Situation zu versetzen, dann fragen Sie sich doch jetzt, ob Sie den Mut gehabt hätten Ihre – meine – Frau zu berühren! Na?

Nicht ganz ohne Stolz schreibe ich hier nieder, dass ich diesen Mut aufbrachte. Was mich dazu bewegte ist mir ein Rätsel, aber vorsichtig, fast zärtlich, strich ich mit der flachen Hand über Lindas Brüste abwärts zum Bauch. Mir fiel auf, dass der Busen kühl, der Bauch jedoch noch sehr warm war.

Das war nicht nur sonderbar, sondern auch absolut unmöglich!

Aber Sie haben recht – die ganze Situation war völlig unmöglich.

Ganz blass schien die Wintersonne ins Zimmer hinein. Angelockt durch das bezaubernde Muster welches die Gardinen auf den Boden meines Schlafzimmers warf, ging ich zum Fenster und blickte auf die Straße hinunter.

Das alltägliche Treiben hatte längst begonnen; Menschen und Fuhrwerke bewegten sich auf den Wegen vorwärts, ab und an war sogar ein Automobil zu entdecken.

Im Gegensatz zu diesem Anblick auf der Straße erschien mir meine eigene Situation umso unwirklicher. Nur wenige Meter trennten mich einerseits vom pulsierenden Leben, andererseits aber vom Anblick des kalten und grausamen Todes. Einem eiskalten Tod. . .

Einen kurzen Moment dachte ich daran, den Kamin zu nutzen und ein wärmendes Feuer anzuzünden, doch dies schien mir nicht angebracht, auch wenn ich fröstelte.

Ich drehte mich um, um mir Linda noch einmal anzuschauen. Mir gefror das Blut in den Adern, denn auch ihre Scham und Oberschenkel waren nun deutlich zu erkennen.

Der Moment war gekommen, in dem ich endlich handeln musste.

Wie von Sinnen rannte ich aus dem Zimmer hinaus, langte nach meinem Mantel und schlüpfte in meine Stiefel. Mit einem Sprung gelangte ich durch die Wohnungstüre ins Treppenhaus meines Wohnhauses und stürzte die Stufen zum Ausgang hinunter.

Unten angelangt schnappte ich keuchend nach Luft. Das Schwindelgefühl kam zurück und mein Magen rebellierte erneut.

So also fühlte es sich wohl an, wenn man verrückt wird – dachte ich und erbrach mich abermals.

Vorn über gebeugt, die Arme auf die Knie gestützt, verharrte ich im Treppenaufgang, bis ich den Schrei hörte.

Mit meiner Flucht aus der Wohnung hoffte ich, der Realität ein Stück näher kommen zu können. Beinahe hatte ich den Entschluss gefasst, einen Arzt zu konsultieren in der Hoffnung, vom Verdacht der Schizophrenie freigesprochen zu werden, doch mit diesem markerschütternden Schrei bestätigte sich, dass da tatsächlich etwas in meiner Wohnung war.

Nun, was glauben Sie, tat ich?

Richtig – ich versuchte mit einem tiefen Atemzug meine Sinne zu beruhigen und stieg langsam die Stufen zur Wohnung hinauf.

Mit jeder Stufe die ich voranschritt, pochte mein Herz schneller. Es war nicht die Angst vor Linda, die mich erfasste, sondern die Angst davor, tatsächlich geisteskrank zu sein. Ich malte mir aus, wie mein Gehirn unter der Schädeldecke schrumpfte, eintrocknete, schwarze Flecken aufwies – mein Gott, so wollte ich nicht enden!

Kurz bevor ich die zweite Etage erreicht hatte, hörte ich wieder diesen schrecklichen Schrei. Jetzt gab es keinen Zweifel mehr daran, dass dieses furchterregende Geräusch aus meiner Wohnung kam.

Bei meiner hastigen Flucht hatte ich die Eingangstüre nicht hinter mir geschlossen, so gelangte ich problemlos wieder hinein.

Kalte Schweißperlen hatten sich auf meinem schmerzenden Kopf gebildet als ich endlich vor der Schlafzimmertüre stand. Mit einem erneuten, tiefen Atemzug versuchte ich mein hämmerndes Herz zu beruhigen, dann stieß dich die Türe auf.

Bevor ich nun zum Schluss meiner Erzählung komme, möchte ich Sie darauf hinweisen, dass die folgenden Geschehnisse weder ästhetisch, noch rational, noch verharmlost wiedergegeben sind.

Ich schreibe es genauso auf, wie es sich zugetragen hat – ohne etwas hinzuzufügen oder etwas zu verschweigen.

Sie sollten vielleicht einen Schluck Brandy zu sich nehmen, die Beine übereinander schlagen und sich zurücklehnen – hier nun das Finale dieses kalten Freitags im Januar.

Noch bevor ich ihn entdeckte, bemerkte ich, dass sich Lindas Position verändert hatte.

Der Kopf war weit in den Nacken geworfen, ihr Gesicht glich einer Fratze, ihre Beine waren unnatürlich weit gespreizt

Lindas Schoß war blutverschmiert, die Laken des Bettes blutgetränkt und inmitten dieser Lache lag mein missgebildeter Sohn.

Obwohl er erst wenige Minuten alt war, so waren seine geröteten Augen geöffnet. Seine Haut hatte einen grünlichen Schimmer, der Schädel war völlig deformiert und der Junge – mein Gott, war das wirklich ein Mensch? - hatte keine Arme. Wimmernd lag er in all dem Blut und wandte sich wie ein Aal. Eine vom Tod geborene Kreatur! Widerwärtig und ekelerregend.

Mit schmerzendem Würgen versuchte ich vergebens meinen Magen erneut dazu zu bewegen sich zu entleeren, doch abgesehen von etwas Gal-

le, blieb es bei diesem kläglichen und hoffnungslosen Versuch.

Was zum Teufel war hier geschehen? Hatte
meine tote Frau tatsächlich ein – lebendes Ding –
Kind zur Welt gebracht?

Ohne meinen Blick von dem Knaben abzuwenden ging ich zum Kamin und löste den Schürhaken
aus dem Kaminbesteck.

Zappelnd und wimmernd beobachtete er mich
und fast schien es, als hätte er Furcht vor dem,
was ich ihm antun würde.

Was auch immer er war, er war nicht meiner
und Lindas Sohn. Dieses Wesen, war kein
Mensch.

In Gedanken wiederholte ich dies wieder und
wieder während ich mit dem Schürhaken so lange
auf ihn einschlug, bis er sich nicht mehr rührte.

DER KLOSTER-
FRIEDHOF IM SCHNEE

Zwei gewaltige, kahle Bäume kennzeichneten den Weg zur alten Ruine. Der Himmel war grau, kein Sonnenlicht drang durch die dunklen Wolken, der Schnee lag reglos und glatt auf dem Geäst und auf dem vereisten Laubboden des Waldes. Wurzelwerke und gefrorene Buschzweige schauten aus der weißen Winterdecke hervor wie die zwei Hände eines Untoten aus seinem Grabe. Und auf einer großen, weißen Lichtung im tiefen dunklen Wald, die von den zwei großen, kahlen Bäumen gekennzeichnet war, stand die Ruine des einstigen Klosterfriedhofs – die Ruine, die von Grabsteinen und Wurzelwerken umgeben war. Nichts schien sich in dieser, vom Schnee verzauberten Winterwelt, zu bewegen, noch war irgendetwas zu hören. Außer die Schritte, die im Wald schallten wie die eines Riesen.

Nur ein Mann eilte noch zur frühen Morgenstunde durch den Wald. Sein Kopf war unter einer langen Kapuze verborgen, während ein kastanienbrauner Mantel seinen Körper verdeckte und den Anschein erweckte, der Mann würde über den Schnee gleiten, als mit seinen Stiefeln darin zu versinken. Tatsächlich schien er keine Fußspuren zu hinterlassen, als er den Weg zwischen den beiden großen Bäumen passierte und in Richtung des Klosterfriedhofes marschierte.

Rauer Fels erstreckte sich um die weißen Turmüberreste der alten Ruine, während eine schwarze, schon halb zerstörte Mauer mit einem kleinen Tor an der Vorderseite angebracht war und so einen direkten Kontakt zwischen Weg und Ruine herstellte. Der Mann passierte derweilen das dünne Tor, während von irgendwo her der Wind um sein Ohr pfiff und seine unheimliche Melodie zwischen dem Geäst des Waldes spielte. Der Mann fand, dass es dem grauenvollen Heulen eines Werwolfes zur späten Mitternachtsstunde glich, doch er verwarf den Gedanken schnell.

Der Himmel schien sich immer weiter zu verdunkeln, während der Mann mit der Kapuze reglos zwischen Mauer und weißer Ruine inne hielt und geduldig wartete.

Vereinzelte Schneeflocken vielen vom Himmel, als eine Stunde später zwei weitere Männer den Weg durch das Tor passierten. Sie hinterließen tiefe Abdrücke im Schnee, doch waren sie sich dessen gar nicht bewusst, denn ihre Blicke waren einzig und allein auf den weißen Stein der Ruine gerichtet.

„Da ist er ja.", sagte der Vordere der beiden Männer und stellte seinen großen Rucksack ab. Die Hände in den Hüften haltend, musterte er die großen, weißen Überreste der Ruine. Sein etwas rundlicher Freund kam derweilen verschnauft zum stehen und schwitze keuchend vor sich hin.

„Sie sind . . .", zögerte der Erstere der beiden Männer namens Mark Daniels, als er sich an den Mann mit der Kapuze gewandt hatte. „Der Mönch? Sie haben uns in Ihrem Zurückschreiben nicht Ihren Namen genannt, Mister. Darf ich Sie Mönch nennen?"

Der Mann mit der Kapuze zeigte keinerlei Reaktion.

„Anscheinend nicht."

„Ach was", sagte Marks Freund David Carter und kam auf die beiden zu gewatschelt. „Der macht doch nur – "

„Nicht länger, als eine Nacht", unterbrach der Mann mit der Kapuze den rundlichen David. „Dieser Tag, und diese Nacht. Geht die Sonne in 24 Stunden auf, will ich euch hier nicht mehr sehen."

„Selbstverständlich, Mister . . . äh . . . Mönch.", sagte Mark. „Vielen Dank noch einmal, dass Sie uns die Erlaubnis gegeben haben, Untersuchungen an der Ruine durchzuführen."

„Ihr werdet nicht einen der Grabsteine berühren."

„Bitte?"

„Es ist den Menschen verboten, die Grabsteine zu berühren."

„Und was passiert, wenn man sie berührt?", fragte David herausfordernd.

Der Mann mit der Kapuze gab wieder keine Antwort. Stattdessen ging er an den beiden Männern vorbei und hielt noch einmal vor der schwarzen Mauer inne. „24 Stunden.", sagte er, und erneut pfiff der Wind seine Melodien durch die Luft.

„Sicher doch, wir – „, begann Mark, als er sich zur schwarzen Mauer umgedreht hatte, um den Mann zu antworten. Doch er brach mitten im Satz ab.

Der Mann mit der Kapuze war nicht mehr da.

Es war elf Uhr morgens, als Mark und David ihr Zelt für die kommende Nacht aufgeschlagen hatten und Feuerholz aus dem Wald besorgt hatten. Ihr Ziel war es, die Ruine des Klosterfriedhofs zu untersuchen und herauszufinden, ob die Legenden und Mythen über diesen Ort wirklich stimmten. Man erzählte sich nämlich in der ganzen Umgebung, dass jede Nacht merkwürdige Dinge an der Ruine stattfanden, und dass sich niemand von den Dorfbewohnern erklären konnte, wie diese Dinge funktionierten. Kurz gesagt: Die gesamte Lichtung, auf der sich Mark und David befanden, war schon seit mehreren Jahrzehnten Schauplatz unheimlicher Phänomene gewesen. Sie waren es, die diese Phänomene aufklären wollten.

Mark hatte eine Nachtsichtkamera neben dem Tor der schwarzen Mauer positioniert und ihren Winkel direkt auf die weißen Überreste gerichtet. Sie würden den Film die ganze Nacht laufen lassen, um sich dann am nächsten Morgen die Ergebnisse anzugucken. Sie selbst würden nur am Tage Untersuchungen durchführen, denn in der Nacht war es außerhalb ihres Zeltes eisig kalt und es würde sicher ein heftiger Wind wehen.

David und Mark, zwei freiwillig ernannte Wissenschaftler, die sich ihr Geld mit Nebenjobs verdienten und die zusammen in einer WG wohnten, verbrachten den Rest des Tages damit, die weißen Steine zu untersuchen, Proben zu nehmen und nach Hinweisen im Gesteinsmuster zu suchen. Das einzige was sie jedoch fanden, war ein Handabdruck auf einer der weißen Säulen und einen Ast, den David ursprünglich für einen verfaulten Knochen gehalten hatte. Ihre Ergebnisse waren eher mangelhaft gewesen, und ehe sie sich überhaupt über ihren geringen Erfolg bemitleiden konnten, ging die Sonne bereits unter und es wurde Nacht.

Die Lichtung des Waldes war nun in einer tiefen Schwärze gehüllt, die weiße Schneemasse wirkte grau und alt und die beiden großen Bäume ragten wie knochige Finger in die Höhe. Nur das Zelt von den beiden freiwilligen Wissenschaftlern war ein Lichtpunkt in der stürmischen Finsternis, nur ihr kleiner Punkt von Wärme am Fuße der imposanten Ruine war ein Anzeichen dafür, dass sich hier irgendwo Menschen niedergelassen hatten. Ansonsten regierte ein schaurig verschneiter Winterwald um sie herum, und in der Mitte bäumte sich die alte Ruine des Klosterfriedhofs als Zentrum auf.

„Glaubst du, die Kamera übersteht es draußen?", fragte Mark.

„Ehrlich gesagt, nein", sagte David und schaute von seinem Comicheft auf. „Aber immerhin sind wir hier gewesen."

„Glaubst du an solche Dinge, David?", fragte Mark.

David blätterte in seinem Comic herum. „Hmm", sagte er und schaute nicht auf. „Sagen wir's mal so: Ich würde es gern glauben, aber irgendwie kann ich's mir nicht vorstellen." Einen kurzen Augenblick schwieg er. „Aber der Typ heute, dieser Mönch oder Ruinenwächter oder Gott weiß was für ein Typ er war ... der war schon irgendwie unheimlich."

Mark nickte knapp und wollte zu einer Antwort ansetzen als ihn draußen etwas ablenkte. Dort draußen in der dunklen, schwarzen Winternacht, die beherrscht wurde von einem tobenden Sturm aus gefrorenem Wasser und stürmischen Winden. Ein leichter Schrecken überfuhr ihn.

„Hast du das gehört?", fragte er.

„Was?"

„Na das! Draußen!"

„Was soll ich da gehört haben?"

„Es hat sich so angehört wie . . . keine Ahnung . . . Schritte im Schnee. Als wenn jemand durch den Schnee geht!"

„Willst du mich veralbern, oder irgendwie verarschen?"

„Ich schwöre! Da war was draußen!"

„Aber – Oh Verdammt!" David zuckte zusammen, schreckte auf und entwich seinem Sitzplatz. Das Comicheft ließ er dabei fallen. „Verdammt, oh man! Was, was war denn das?"

„Was ist?", fragte Mark und fühlte sich irgendwie beobachtet.

„Mich hat was angepackt!", sagte David und schaute auf seinen Sitzplatz. „Von Außerhalb! Von Draußen!

„Und wer soll das gewesen sein, die Schneekönigin? Mach dich nicht über mich lustig! Ich meine es ernst!"

„Tu ich nicht! Mich – hat – was – angepackt – verdammt!" Jedes Wort unterstrich David mit einem Faustschlag. Schweiß rann an seiner Stirn hinab.

Mark war unwohl zumute. Er schaute auf den flatternden Stoff des Zeltes, der sich dem Rhythmus des Windes beugte. Vielleicht schlich ja wirklich jemand ums Zelt herum?

„Was machen wir jetzt?", fragte David. Er schaute abwechselnd zu Mark und zur Zeltfolie.

„Die Kamera!", sagte Mark. „Mach den Laptop auf und öffne das Kameraprogramm! Von dort aus müssten wir auf unser Zelt gucken können."

„Genau, genau, das ist gut", sagte David und klappte den Laptop auf. Derweilen schaute sich Mark nervös um und hielt sich von der Zeltfolie fern.

„Ich öffne das Kameraprogramm", sagte David. Der Bildschirm wurde einen Moment schwarz, dann erschien ein verzerrtes Bild im grünlichen Farbton. „Sie steht noch", sagte David.

„Aber sehen kann ich nichts. Jedenfalls keinen Menschen oder so. Vielleicht war es nur ein Reh?"

Sie beide starrten auf den Monitor, sahen ihr eigenes Zelt am Fuße der weißen Ruine, während Schnee umher flog und das Bild so zunehmend verschlechterte. Gerade kam Mark auf die Idee, das Bild zurückzuspielen, als die Kamera plötzlich mit einem Blitz ausging und das Bild wieder Schwarz wurde.

„Verdammt nochmal.", sagte David und klappte den Laptop zu.

In diesem Moment heulte der Wind draußen erschreckend laut auf.

„Und jetzt?", fragte Mark.

„Ich weiß nicht. Vielleicht haben wir uns das wirklich nur eingebildet. Was meinst du mit eingebildet?"

„Ich glaube – " Doch wieder konnte Mark nicht antworten. Er wurde wieder unterbrochen. Von etwas, dass ihm eine Gänsehaut über den Rücken fuhren ließ. Von Etwas, das ihm das Blut in den Adern gefrieren ließ.

Draußen hatte irgendetwas gebrüllt.

Mark und David starrten von Angst gelähmt auf den Zelteingang. Irgendetwas war da draußen und stand vor ihrem Zelt. Und es hatte sich ganz und gar nicht menschlich angehört.

Sie wussten in ihrer Panik nicht, wie lange sie auf den Eingang guckten, aber David war der erste, der das angespannte Schweigen brach. „Wir müssen nachsehen, Mark."

„Was?"

„Wir müssen nachsehen." Plötzlich klang David so ernst wie noch nie in seinem Leben. Sein Blick war eisig kalt und konzentriert.

„Warum willst du – ", sagte Mark, doch ihm fehlten vor Angst und Überraschung die Worte.

„Weil ich einfach kein Bock habe, hier wie ein Weichei herum zu sitzen und abzuwarten. Ich werde handeln. Ich werde jetzt da raus gehen." David kroch zum Zelteingang.

„David! Warte!", schrie Mark.

David drehte sich zu seinem Freund um.

Mark sah ihn eine einen Moment lang an, ohne sich bewusst zu sein, warum er das tat. Er wusste nur, dass er einen verdammt guten Freund gefunden hatte, als er David das erste Mal im Kindergarten getroffen hatte, als dieser gerade einen Jungen mit einer Schere verfolgt hatte.

„Danke, Mann. Du schaffst das.", war alles, was Mark jetzt zu seinem Freund sagte. Auf irgendeine Weise kam er sich dabei dumm und feige zugleich vor. Doch David grinste ihn an.

Dann verschwand er nach draußen in die stürmische und dunkle Nacht.

Und Mark hockte sich derweilen in die Mitte des Zeltes und bewegte sich nicht vom Fleck, denn die Angst schien ihn zu überrennen. Er hockte eine halbe Stunde so, während der Sturm draußen stärker wurde, während David immer noch da draußen war und nach dem suchte, was gebrüllt hatte und während er nicht wusste, was er tun sollte, wie er handeln sollte oder wie er sich aus seiner Lähmung befreien konnte.

Er hockte so, bis er wieder etwas hörte.

Irgendetwas schien draußen im Schnee zu stapfen. Die Schritte waren trotz des tobenden Windes zu hören. Marks Herz raste wie wild, er zuckte panisch zusammen, als er draußen plötzlich etwas klacken hörte. Kurze Zeit später waren die Schritte verstummt. Alles schien sich gelegt zu haben.

„Mark?", rief eine vertraute Stimme von draußen. Ein Hoffnungsschimmer stieg in Marks Herzen empor. David war wieder da. Er hatte es geschafft.

„Mark? Komm raus, das musst du dir ansehen!"

Mark Daniels gab sich einen Ruck und krabbel-
te zum Zelteingang. Als er den Reißverschluss
öffnete, peitschte ihm ein grässlicher Wind entgegen und Schnee donnerte in seine halbgeöffneten
Augen.

Dreißig Sekunden später würde er sich wünschen, im Zelt geblieben zu sein.

Schwankend stand Mark auf und sah zu aller
erst die Umrisse der schwarzen Mauer. Links da-
neben, vom Licht des Zeltes ein wenig erleuchtet,
stand David und starrte ihn an.

„David!", schrie Mark gegen den Wind. Er war
noch nie so glücklich, seinen Freund gesehen zu
haben. „Geht's dir gut, Mann?"

David antwortete nicht. Er hob nur langsam seinen linken Arm und deutete nach links. Marks Blick
folgte nervös den Fingern seines Freundes. Was
er sah, waren die Umrisse der nahestehenden
Grabsteine.

„Ich glaube, wir haben einen von ihnen aufge-
weckt.", sagte David. Entsetzt schaute Mark ihn
an.

„Was redest du da?"

„Weißt du, ich glaube, er wollte einfach nur seine Ruhe haben. Aber gleichzeitig, glaube ich, hatte
er auch Hunger. Deswegen hat er wohl das hier
gemacht . . . ". David holte seinen rechten Arm
hervor. In diesem Moment erlebte Mark den größten Schrecken seines Lebens. Seine Augen weiteten sich, beinahe wäre er auf die Knie gefallen.

Sein einziger Gedanke war: Mein Gott, wer hat ihm die Hand abgebissen?

„Keine Sorge, Mark.", sagte David beunruhigend leise und doch wahrnehmbar. „Ich habe trotzdem versucht ihn abzuwimmeln. Aber war schnell. Und da dachte ich … ich dachte es wäre richtig, auf seinen Grabstein zu fassen, weiß du? Ich dachte das würde ihn beruhigen, aber … es machte nur noch die anderen sauer."

„David, welche anderen? Deine Hand? Geht es dir gut?"

„Sie stehen abseits des Nebels, Mark. Sie stehen am Rande der Lichtung und beobachten uns. Sie warten. Sie warten auf die Vereinbarung, die ich mit ihnen abgeschlossen habe."

„David du – du bist vollkommen Irre! Wir müssen uns um deine Hand kümmern!"

Doch David sagte nichts mehr. Mit seiner linken holte er eine der übrig gebliebenen Zeltstangen hervor. Soviel zum Klickgeräusch, dachte Mark geistesabwesend.

„Es wird Zeit, dass ich meinen Pakt erfülle."

Mark sah David an. Die Augen seines Freundes wirkten leer und träge. Und gleichzeitig war da noch etwas anderes. Etwas, das da nicht hingehörte. Es hatte mit diesem Ort zu tun. Es stand in Verbindung mit ihm.

„Deine Seele Mark, und ich darf weiterleben.", sagte David. Im ersten Moment wurde Mark gar nicht klar, was sein Freund da gesagt hatte, erst, als dieser die Zeltstange hob und auf ihn zukam, wurde ihm bewusst, dass sein Freund David Carter ihn umbringen wollte. Dass irgendetwas seinen Verstand vernebelt hatte und ihn unter Kontrolle hatte.

David hob die Eisenstange mit ausdruckslosem Blick, als er sich vor Mark positioniert hatte.

Mark war gelähmt. Mark stand derweilen schon längst unter Schock. Mark bekam es nicht einmal mehr mit, wie die Metallstange in seine Brust gespießt wurde und das Blut den weißen Schnee unter seinen Sohlen verdunkelte. Er spürte nur eine Leere, als das Metallobjekt aus seinem Rücken wieder zum Vorschein kam und er rücklings in den Schnee viel. Nun waren seine Augen so leer wie die von seinem alten Freund David, der seit etwa einer halben Stunde die Erde verlassen hatte.

Es war wieder einer der schönen Morgen, an denen die Sonne ausnahmsweise die Wolkendecke durchdrang und den Schnee so hell glitzern ließ wie Diamanten oder Rubine. Der Mann mit der Kapuze und dem kastanienbraunen Mantel blieb direkt zwischen den beiden großen, kahlen Bäumen stehen und starrte auf die Lichtung.

Seine Leute . . . seine Mönche . . . all jene, die damals an ihm geglaubt hatten, würden wieder einen Monat lang leben können, ohne erneut das Blut anderer trinken zu müssen. Sie waren seine Kinder, und er würde sich darum kümmern müssen, dass seine Kinder bis in die Ewigkeit leben konnten. Denn er war der Anführer des Ordens gewesen, und er trug die Verantwortung.

Eine Zeit lang begutachtete der Mann mit der Kapuze seine weiße Ruine, dann drehte er sich um und machte sich auf in die nächste Menschenstadt. Er hatte gehört, dass sich dort viele Touristen eingefunden hatten.

DER SCHWARZE MANN

Sam war sich nicht sicher was das laute Geschrei verursacht hatte aber er wusste das die anrollenden Menschenmassen eine Katastrophe bedeuteten. Wie eine erschrockene Herde junger Gazellen, von einem Krokodil am Flussufer aufgescheucht, rannte die Masse ziel- und planlos Richtung Ausgang. Wahnsinn stand in den weit aufgerissenen Augen eine unerklärliche Hysterie die urplötzlich ohne ersichtlichen Grund hunderte von Menschen erfasste. Menschen mit Schreckerfüllten Gesichtern überrannten ihn beinahe und überrannten sich fast selbst beim davonlaufen. Eine Flut verirrter Seelenloser Körper bahnte sich ihren Weg durch den Ausgang des Einkaufszentrums und plötzlich kehrte Stille ein als auch der letzte Umherirrende dem Weg nach draußen gefunden hatte. Drei Etagen voller Einkauflustiger binnen weniger Minuten leergefegt. Die Tische und Stühle des Cafés, eben noch üppig besetzt, lagen verstreut herum. Die Lichter der geräumigen Halle gingen aus und plötzlich stand Sam gelähmt von seiner Angst ohne den Gedanken an eine Bewegung verschwendend einfach nur da und lauschte den Schatten.

In völliger Dunkelheit ließ ihn ein klirrendes Geräusch aus seiner Abwesenheit erwachen. Ein fürchterliches Geräusch in dem umfassenden Schweigen dieses Gemäuers das in seinen Ohren schmerzte. Er konnte es nicht ausmachen weder die Richtung noch seinen Ursprung. Die Finsternis die sich ihm darbot war eine von Schatten zerrissene Wirklichkeit die zahlreiche Konturen aus dem Nichts hervor scheinen ließ in der er nichts wirklich Greifbares erkennen konnte. Nichts was seine Augen fixieren konnten. Schwindel breitete sich in seinem Kopf aus. Jede Fiber seines Körpers war zum zerreißen gespannt. Der Gedanke an eine Flucht erschien ihm aussichtslos in dem gnadenlosen Schwarz.

Die scharfe Rationalität seines Verstandes drang wie kalter Stahl an die Oberfläche seines Bewusstseins.

„Stromausfall." kam nur leise über seine Lippen. „Da ist sicherlich nur irgendwo eine Sicherung durch geknallt." versuchte er sich, jetzt schon mit etwas festerer Stimme, zu beruhigen. Ein Stromausfall hätte den Verlust der technischen Beleuchtung erklärt doch dieses Gebäude besaß eine riesige Glaskuppel, unter der er sich gerade befand, durch die massenhafte Sonne scheinen kann. Zu dieser Tageszeit müsste hier noch genügend Beleuchtung sein um das Kleingedruckte eines Vertrages lesen zu können, selbst bei einer Sonnenfinsternis. Außerdem laufen Menschen, erwachsene Menschen reich an Jahren voller Schrecken, nicht einfach vor einem Stromausfall weg. Da muss schon etwas Grausames in den Katakomben des Einkaufszentrums lauern.

Aber das Licht wo ist das Licht hin verschwunden? dachte er verängstigt. Nur dieses immer näher rückende Geräusch. So hatte sich das angehört wenn in den Gefängnisfilmen jemand eine Eisenkugel hinter sich her zog. In den Horrorfilmen wo das Opfer vor einem Mörder flieht hören sich auch einige Dinge so an flüsterte eine Stimme in seinem Kopf. Eine gemeine Stimme der scheinbar nichts an seiner geistigen Konstitution lag. Keine Schritte oder an andere Bewegung erinnernde Geräusche. Nur dieses klirrende Schleifen auf dem polierten Marmorboden des Centers das immer näher kam. Als seine Augen sich gerade an die Dunkelheit gewöhnen wollten machte er die Gestalt vor dem Sportgeschäft aus in dem er sich eigentlich heute neue Laufschuhe holen wollte. Für sein gesundes Gewissen. Ob diesem Typen dort viel an deiner Gesundheit liegt? Bei dem Gedanken gaben seine Knie ein wenig an Konsistenz nach und verwandelten sich in trockenes Stroh.

Die Gestalt kam wieder ein Schritt näher doch kein Laut hallte von dem Boden wieder und auch die Bewegung seines Körpers ließ keine Rückschlüsse auf ein gehen mit den Füßen zu denn diese hingen leblos an den Beinen wie bei einer Marionette. Langsam konnte er die Umrisse erkennen die zu einer kühlen Gewissheit wurden. Diese Person war gefährlich. Einfach alles was er sehen konnte sprach für Gefahr. Und nicht nur das. Er glaubte dieses Ding zu erkennen.

Es ist der Schwarze Mann. Ein breiter ausladender Hut im staubigen Schwarz krönte die Silhouette. In Fetzen hing die Krempe tief im Gesicht oder was auch immer sich unter der Kopfbedeckung befand. Der restliche Körper war von einem schwarzen Tuch bedeckt. Die Ärmel waren weit ausgeschnitten und beherbergten die knochigen Arme. An den Handgelenken konnte er je eine massive Stahlfessel erkennen die an einer langen Kette befestigt war. Diese Ketten mündeten in den schmutzigen Horizont seines Blickfeldes.

Wieder schwebte die Gestalt ein bisschen näher an Sam heran der zu fasziniert war von dem was er sah als das er an eine Flucht denken konnte. Jetzt erfassten seine Augen das Geschöpf schon viel besser. Es bewegte sich nur wenige Zentimeter vom Boden entfernt auf ihn zu. Wenn die Füße nicht regungslos nach unten baumeln würden könnte er fast denken ein menschliches Wesen vor sich zu haben mal von dem außergewöhnlichen Geschmack für Mode abgesehen. Die Gedanken wirbelten in seinem Kopf. Lauf weg! Verschwinde! Lauf um dein Leben verdammt! Bring dich in Sicherheit!

Doch er tat nichts. Warum auch. Bis jetzt lief doch alles ganz gut. Er war einfach zu neugierig. War er schon immer gewesen. Das hat ihn schon oft in Schwierigkeiten gebracht. Damals als er erkunden wollte warum die Erwachsenen immer alles in Jungs und Mädchen aufteilen mussten. Ausgerechnet in einer Schwimmhalle ist er dem geschlechtlichen Unterscheidungswahn auf den Grund gegangen und hat für ein fürchterliches Geschrei gesorgt. Oder als er sich in das Sägewerk seines Vaters geschlichen hatte um auf Erkundung zu gehen und in das Sägespänesilo gesprungen ist ohne darüber nachzudenken das dort die Luft sehr dünn ist. So dünn das er fast erstickt wäre wenn nicht ein Mitarbeiter seine Schreie gehört hätte. Sam war schon immer ein Entdecker der ohne viel darüber nachzudenken alles erforschte was ihn interessierte.

Die Ketten klirrten widerlich unter der letzten Bewegung und spannten sich leicht als die Gestalt einen halben Meter vor Sam zum stehen kam. Sie hingen in der Luft als wären sie an die Dunkelheit gekettet.

Fassungslos schaute er von oben nach unten an diesem Körper entlang. Jetzt bemerkte er dass der Stoff sich bewegte. Nur ein bisschen fast nicht zu sehen schienen Wölbungen zu entstehen die sich kurz darauf wieder glätteten. Als würden dort etwas entlang wandern. Auch den Hals konnte er jetzt sehen, bleistiftdünn war er von so etwas ähnlichem wie Haut überzogen und verband den Kopf mit dem Torso.

Irgendwie jagte ihm diese Figur eine unbeschreibliche Angst ein trotzdem dachte er nicht im Entferntesten daran sich in irgendeiner Form aus dem Staub zu machen. Sein Verstand hatte sich wahrscheinlich schon damit abgefunden hier und jetzt zu sterben.

„Willst du mich töten?" wimmerte er dem düsteren Wesen entgegen.

„Du hast nach mir gerufen. Du hast meine Dienste erbeten." Dröhnte die Stimme unerbittlich in die riesige Halle.

Das Echo hallte wie ein Gewitter in seinem Kopf wieder. „Wer bist du und was willst du von mir?" stammelte er mit einer hoffnungslosen Tapferkeit. „Du hast mich gerufen. Schon oft hast du nach meiner Hilfe verlangt doch angeboten hast du mir nie etwas. Vor neun Monaten hast du mir etwas zugesichert. Ich bin gekommen um zu holen was du mir versprochen hast."

Nachdem verhallen der Antwort konnte man in dem Schweigen förmlich hören wie seine Gehirnzellen angestrengt arbeiteten.

Nach kurzem nachdenken dann „ Wie soll ich dich gerufen haben ohne dich zu kennen? Ich weiß nicht wer du bist und kann mich nicht daran erinnern schon jemals mit dir gesprochen zu haben geschweige denn etwas von dir verlangt zu haben."

In dem Umhang des Schwarzen Mannes zeichneten sich Hände ab die hektisch nach im greifen wollten doch das feste Gewebe hielt sie zurück.

Das schwebende Wesen schien zu vibrieren dann schrie es mit dämonischer Stimme „ Du hast gebettelt, gewinselt mich angefleht, mir sogar gedroht mich umzubringen wenn ich dir nicht helfe deine verstorbene Freundin zu retten. Diesen einen Wunsch sollte ich dir erfüllen und du würdest alles für mich tun mir deine Seele verkaufen. Sie wieder lebendig zu machen war dein Wunsch dein Leben ist der Einsatz und deine Seele mein Gewinn. Darum bin ich hier. Meinen Teil habe ich erfüllt jetzt ist es an dir.".

Alle Farbe wich aus Sams Gesicht. Plötzlich wog die Schwerkraft hundertmal gewaltiger auf seinem Körper als vor einer Minute. Er ging auf die Knie und fing zu weinen an. Bei dem Gedanken an seine Freundin konnte er nur noch in eine Richtung denken, in keine. Die Dunkelheit um ihn herum drang in seinem Kopf ein und färbte seine Gedanken tiefschwarz. Es stimmte was der Schwarze Mann sagte. Janina, seine Freundin, hatte vor ungefähr neun Monaten einen Autounfall und lag zwei Wochen im Koma. Während dieser Zeit bettete er jeden Tag zu Gott an dem Krankenbett seiner Angebeteten das ein Wunder geschehen möchte.

Doch nach anderthalb Wochen verschlechterte sich ihr Zustand beträchtlich und die Ärzte rechneten mit dem Schlimmsten. Als er davon erfuhr dass sie bald sterben würde fing er an zu schreien, um sich zu schlagen, er fing an zu betteln, zu flehen, schimpfte auf alle Götter die er kannte. In seiner verzweifelten Stunde wollte er sogar seine Seele verkaufen, sein Leben für das Ihre geben ohne zu bedenken dass vielleicht jemand zuhörte. Jemand der eine ganz spezielle Liste führte über die Angebote die man ihm machte.

Wenn er jetzt darüber nachdachte fiel ihm auf das sich ihr Zustand wieder besserte. Genau von dem Tag, an dem er in der kleinen Kirche auf dem Klinikgelände war und seine Seele angeboten hatte ging es ihr rapide besser. Langsam erkannte er die Zusammenhänge ihrer Genesung die sich kein Arzt erklären konnte.

„Die Abmachung ist ungültig! Sie ist drei Monate später an einer Hirnblutung gestorben." schrie er verzweifelt dem Schwarzen Mann entgegen.

Ganz ruhig erwiderte dieser „ Ich habe ihr das Leben geschenkt. Das war dein Wunsch den ich dir erfüllt habe. Dein Einsatz ist deine Seele. Wir haben einen Pakt geschlossen den deine Worte besiegelten und nun bist du an der Reihe den Preis zu bringen."

Er versuchte sich an seine genauen Worte zu erinnern doch sie wollten ihm nicht einfallen.

„ Bitte, bitte lieber Gott lass Janina Wegner nicht sterben. Sie liegt hier im St. Joseph Krankenhaus und darf nicht sterben weil ich sie über alles Liebe. Also bitte Lieber Gott oder Buddha oder wer auch immer zuhört lass meine Freundin nicht sterben. Ich tue alles was du willst. Bitte. Ich würde sogar meine Seele, mein Leben dafür geben wenn du sie am Leben lässt." gab der Schwarze Mann wie ein Tonband wieder. „ Das waren deine genauen Worte. Das hast du in den schwarzen Äther der Unendlichkeit gewinselt." sagte er und gab ein sirrendes Lachen von sich bei dem Sam sofort an einen Heuschreckenschwarm denken musste. Tränen flossen über sein Gesicht.

Der Schwarze Mann hob seinen Umhang hoch sodass er sehen konnte was er darunter verbarg. Arme, Beine sogar Gesichter bewegten sich in entsetzlichen Gebärden unter einer Schicht aus schwarzer, seiden glänzender Masse. Den abscheulichen Geruch erkannte er sofort, das musste Teer sein. Schreie von Menschen kamen plötzlich von überall. Eine Hand griff in seine Richtung aus dem Bauch des Schwarzen Mannes. Sie kam dabei soweit an ihm heran das ein ganzer Oberkörper von Pech überzogen in einem abstrusen Winkel von ihm Abstand.

Was soll ich tun? schallte es in seinem hohlen Schädel wider.

Er konnte nichts tun. Mit dem Schwarzen Mann brauchte er nicht um sein Leben falschen schon gar nicht wenn die Beweiskraft eindeutig gegen ihn sprach.

Als hätte er die Gedanken von Sam gelesen unterbreitete der Schwarze Mann ihm einen Deal.

DIE NACKTE FRAU IN DER GRUFT AUF DEM ALTEN FRIEDHOF

Es war kurz nach Mitternacht, als Joana, Shoana und Loriana, drei hübsche junge Frauen an einem Freitag im Januar 1957 über das verschlossene Eingangstor aus geschmiedetem Eisen kletterten. Ihnen wären beinahe die Finger an dem schwarzen Metall angefroren, denn diese Nacht war bitterkalt und auf dem Tor lag Schnee. Schnee, der jetzt noch weiß war, doch das sollte sich bald in Kirschblutrot ändern, aber dies und noch etwas viel schrecklicheres dass sie hier erleben sollten, wussten sie jetzt noch nicht. Wahrscheinlich wären sie sonst nie hierhergekommen, hier auf den alten Friedhof der von einem verbitterten alten Veteranen bewirtschaftet wird.

Der so manche Nacht mit scharfer Munition seine erlebten Kriegseinsätze hier auf dem Friedhof verarbeitet und bei dem am nächsten Morgen jedes Mal Frauenteile deren Leichen nie vermisst, vor der großen Gruft gefunden wurden. Jedoch hat es nie gereicht ihn deshalb anzuklagen, denn wenn es überhaupt Zeugen gab, zogen sie kurz vor der Verhandlung immer ihre bei der Mordkommission gemachte Aussage verschreckt zurück. Ja, sie behaupteten dann sogar selbst der Mörder der gefundenen Leichenteile zu sein. Die meisten wurden daraufhin sofort zum Tode verurteilt und kurzfristig mit dem Fallbeil hingerichtet.

Doch dies wussten die drei Freundinnen nicht, sie wollten ihren „Spaß" und den Kick dabei vielleicht von einem jungen hübschen Mann erwischt zu werden. Unter „Spaß" verstanden die drei Frauen heiße Berührungen auf ihren nackten Körpern. Joana, war die Mutigste von allen, sie zog sich aus, legte sich auf den erstbesten Grabstein, und ließ sich von Loriana zärtlich verwöhnen, wobei ein lauter Schrei ihren Höhepunkt ankündigte. Es erregte sie erneut auf dem Schnee zu liegen und von beiden gleichzeitig verwöhnt zu werden. Jetzt waren alle nackt und streichelten sich innig.

Dadurch bemerkten sie nicht, wie die „Fratze", so wurde der Veteran im Dorf genannt, sich immer näher anschlich. Er lachte und freute sich auf die drei Frauen, dabei wurde sein Gesicht noch hässlicher und er sabberte wie ein Hund. Schnell wischte er sich sauber und lief nun zu den Frauen. Sie konnten es nicht glauben was sie da sahen, fingen an zu schreien und wollten gerade weg, doch er packte sie zu ihrer Verwunderung alle drei auf einmal und griff fest und sicher zu.

Sie wehrten sich, doch hatten sie gegen die Fratze keine Chance. Gleich hätte er sie in seinen Keller gezerrt, und dann wäre ein Entkommen unmöglich. Da geschah das eigentlich Unmögliche, er war durch den Anblick von Shoana großem Busen, der sich wie wild auf und ab bewegte, weil sie sich so gegen den festen Griff währte einen Moment abgelenkt. Das war der Moment in dem sich Shoana losriss, und noch bevor er sie hinter der großen schweren Holztür im Keller hatte, ins Dunkel der Nacht verschwand.

Seine Augen funkelten, sein Mund verzog sich grausam, laut schrie er die beiden Frauen an, dass sie dies furchtbar büßen müssten. Dabei packte er beide Frauen an ihren Brüsten und drückte fest zu. Wie von einem Schalter betätigt, vielen beide sofort in Ohnmacht und erwachten hängend an Händen und Füßen gefesselt an einer blutverschmierten Steinmauer. Zudem befand sich eine seltsame grüne klebrige Masse an ihnen und der Mauer. Die

Ratten, die um ihn jetzt rumliefen und alles anknabberten was ihnen vor ihre scharfen Zähne kam, störten ihn keineswegs, denn er ist mit ihnen aufgewachsen.

Sie hatten mittlerweile den Geruch der beiden Frauen aufgenommen und versuchten die Steinmauer nach oben zu klettern. Denn seit Tagen hatten sie Hunger und wollten ihn nun endlich stillen. Hier unten verbrachte er seine meiste Zeit der Kindheit, oben gab es für ihn nur Prügel und Gelächter von den anderen Schülern. Natürlich wehrte er sich, und so mancher musste damals von einem Arzt versorgt werden, so richtete er einzelne Schüler zu. Doch mit allen konnte er es nicht aufnehmen. Er hielt jetzt eine blutverschmierte und tropfende Streitaxt in der Hand, die beiden Frauen schrien, doch er hatte es noch nicht auf sie sondern auf die Anführerin der Ratten abgesehen, die jetzt gerade auf beide Frauen zulief.

Ein kurzer fester Schlag und die Ratte verlor ihren Kopf und viel zu Boden. Dort warteten bereits die anderen Ratten, und stürzten sich mit letzter Kraft auf die Überreste der Anführerin. So manche führten vorher noch einen Kampf aus, um an die Beute zu kommen. Joana verspürte das warme Blut der geköpften Ratte auf ihrer intimsten Stelle und musste sich übergeben. Aber auch Loriana wurde dies zu viel, zumal die Fratze ihr einen Schnitt mit der Streitaxt quer über ihre Brüste zufügte, und bewusstlos zusammenbrach. Zur selben Zeit im Freien auf dem Friedhofgeländer lief Shoana noch immer splitternackt umher und versuchte krampfhaft den Ausgang zu finden. Doch plötzlich wurde sie von irgendwas geblendet, es war eine Sense, eine Sense mit der man das Gras an manchen unzugänglichen Stellen des alten Friedhofes schnitt. Sie schnappte sich dieses Ding und ging nackt zu dieser großen Holztür im Keller der Gruft. Fest entschloss dieses Tier von Mensch, diese Fratze jetzt zu töten. Sie klopfte mit dem Holzstiehl der Sense 12-mal, dann öffnete sich die Türe von allein. Sie trat ein und unmenschlicher Gestank erreichte ihre Nase, beinahe hätte sie sich übergeben, doch dazu kam sie nicht mehr, da stand er nun und um ihn herum liefen Zähne pflatschend seine Ratten. Sie bewegte die Sense so geschickt, so dass sie mit einem Streich gleich mehreren den Kopf abtrennte.

Die Fratze trat einen Schritt zurück, grinste und sabberte aber unentwegt weiter. Er war überrascht darüber, was gerade passiert war. Er wusste nicht, dass sie früher immer damit das Gras auf dem Feld schnitt. Sie, eine nackte junge Frau tötete mit einer einzigen Bewegung mehrerer seiner Ratten, das Blut spritzte ihm ins Gesicht, erneut holte sie aus um auch die restlichen Ungeziefer, diese gierigen Ratten zu töten. Das hätte sie nicht tun dürfen, schrie er sie jetzt an, warum sie seine Freunde getötet habe, wollte er wissen, und das sie eine verdammt hübsche Frau sei, deren Busen ihn erneut reizte. Dabei achtete er mehr auf die weiblichen Reize als auf seine Deckung und das nutzte Shoana erneut aus. Sie hatte ihn kreuz und quer den Bauch aufgeschlitzt, würde er jetzt nicht alles festhalten, lege sein Darm auf dem schmierigen Boden.

Aber so hielt er ihn gerade noch und stopfte ihn wieder zurück in die Bauchhöhle, dabei verzog er kaum eine Gesichtsmine, im Gegenteil es machte im sichtlich Spaß seinen Darm wieder zurück zu stecken und Spaß machte ihm auch der Schnitt den er ihr jetzt auf dem üppigen Busen mit seiner Streitaxt beibrachte. Doch er hatte nicht mit ihrer Reaktion gerechnet, in der sie ihm die Sense ins Gesicht bohrte, wobei er sein linkes Auge verlor. Dabei spritzte erneut jede Menge Blut von beiden in die Luft und viel klatschend auf die getöteten Ratten. Zudem brachte er jetzt keinen Ton heraus, obwohl er fürchterlich zu schreien glaubte, so hatte er zuvor zugleich mit dem Auge auch seine hässlich grüne Zunge verloren.

Ganze zwei Schritte schleppte er sich noch zu ihr hin, und brach dann blutüberströmt zusammen. Sie wollte ganz sicher gehen, dass er nie wieder aufwachte und trennte ihm mit einem Schwung den Kopf ab, zumindest glaubte sie dies. Überzeugen konnte sie sich nicht mehr, denn sie wollte ihre beiden Freundinnen schnellstens befreien. Im Nebenraum der Gruft angekommen, übergab sie sich nun doch. Joana und Loriana hingen nämlich noch immer wie ein Stück getrocknetes Leder an den Wänden und schrien vor Schmerz. Er hatte beide fürchterlich zugerichtet!

Irgendwie erholte er sich wieder, vielleicht wegen seiner Rache an den drei nackten Frauen, denn sie hatte ihn vorhin doch verfehlt und so war es ihm möglich seine Streitaxt zu nehmen und Shoana von hinten komplett aufzuschlitzen. Dabei spritzte ihr ganzes Blut über sein Gesicht, und er fing erneut zu grinsen an und das Gesabber um seinen hässlichen Mund.

Shoana brach tot zusammen und blieb regungslos auf dem Boden liegen. Doch dies bekamen die beiden anderen Frauen nicht mit, denn Shoana konnte zuvor Joana und Loriana von ihren Fesseln an der Steinmauer befreien und hinaus schicken. Sie waren draußen, und noch immer nackt in dieser kalten Nacht die bald vorüber war. So fanden sie auch den Ausgang aus dem alten Friedhof und kletterten so gut es ging über das eiserne Tor, wobei sich der Schnee Kirschblutrot färbte und für immer dort liegen blieb. Die Leiche von Shoana wurde gefunden, erneut gab keine Spur von der Fratze.

Doch Jahre später gab es einen kleinen Hinweis, von einer Zeitung, den niemand beachtete, in dem ein Artikel auf einen kleinen Ort in 500 km Entfernung hinwies bei dem in einem alten Friedhof Leichenteile von Frauen gefunden wurden, die nie als vermisst galten. Niemand war nicht ganz richtig, denn es gab zwei Frauen die wohl Bescheid wussten.

ICH BIN DEIN ALPTRAUM!

Wir sind eine ganz besondere Spezies. Nachts, wenn ihr glaubt zu schlafen, kommen wir und holen euch. Und noch keiner ist je von so einem Trip zurück gekehrt!!!

Habt ihr euch noch nie gewundert, dass gerade nachts, wenn alles ruhig ist, seltsame Geräusche zu hören sind?

Sitzt ihr gerade vor dem TV oder lest im gemütlichen Sessel ein Buch? Vielleicht hängt ihr gerade auch vor dem PC und surft in der virtuellen Welt?

Achtet mal auf die kleinen kaum hörbaren Geräusche, die sich wie ein leises knistern oder klacken anhören. Wenn ihr sie hört, dann ist es leider schon zu spät für euch.

Denn das sind wir und suchen uns unsere Opfer. Und Dich haben wir gerade gefunden. Ja, genau Dich meine ich.

Viele lassen wir wirre Träume haben, aber manchmal holen wir einen vom Euch real in unsere Welt. Für jeden von Euch haben wir ein spezielles Ende vorgesehen. Auch für Dich. Ja, genau Dich meine ich. Denn Du bist mein nächstes Opfer.

Jetzt, wo wir Dich gefunden haben kannst Du nicht mehr fliehen. Dein Ende ist besiegelt. Versuch mal zu telefonieren und Du wirst merken, das geht nicht.

Ich sage Dir jetzt mal, was Dich erwartet.

Nachdem Du eingeschlafen bist und die Geräusche ignoriert hast (erinnerst Du dich doch noch an das knacken am Schrank oder das Scharren an der Zimmertür?), hole ich Dich ab zu einem Höllentrip und werde ich Dich in mein Reich holen. Glaube mir, die meisten wollten schon bei meinem Anblick sterben. Aber so einfach geht das nicht. Wo bleibt denn da mein Spaß.

Kannst Du Schmerzen ertragen? Du wirst es lernen müssen.

Am besten erkläre ich Dir dein Ende am „traurigen" Ableben deines Vorgängers. War das ein Spaß.

Er war wie Du, glaubte nicht an uns und war recht arrogant. Bis zu dem Tage, wo ich ihn abholte.

Da ich die Lebenden doch ein wenig für ihre gepflegten Fingernägel und Zähne bewundere, habe ich damit begonnen. Nagel für Nagel und Zahn für Zahn habe ich ihm gezogen. Die Schreie waren Musik in meinen Ohren. Jeder Nagel und jeder Zahn eine andere Tonlage. Und das herrlich warme rote Blut floss nur noch so über meine Pranken.

An seinen feuchten Augen konnte ich erkennen, dass er Freude daran hatte. Und wer Freude verspürt, hat doch auch bald Hunger, oder?

Und was liegt näher, als sein eigenes Fleisch zu fressen?

Ich schnitt ihm Ohren, Nase und das was zwischen den Beinen baumelt ab und stopfte es ihm ins Maul.

Jetzt wollte ich aber auch mal Spaß haben. Ich ließ mir seine Beine, noch warm und lebendig, schmecken, dann die Arme.

Ich schnitt ihm den Bauch mit meiner Pranke auf und holte die Gedärme raus. So schön warm sind sie und noch voller Leben. Wenn der Kerl nur nicht immer so geschrien hätte. Keine Tonlage konnte er halten.

Es ist eine Freude, das Innenleben vor den Augen des Opfers zu verspeisen. Wie die Augen aus den Höhlen quollen, einfach herrlich.

Er war nicht leicht tot zu kriegen, aber als ich sein Herz in den Händen hielt, war es wohl zu viel für ihn.

Schade eigentlich, ging viel zu schnell.

Den restlichen Körper haben dann die Höllenhunde gefressen.

Das war nur ein Beispiel, was Dich erwartet. Aber glaube mir, diesmal lass ich mir besonders viel Zeit.

Also, schlafe Gut und achte auf die Geräusche. Ich komme Dich bald holen und dann haben wir viel Spaß miteinander.

Ich sehe Dich und werde Dich bald schmecken!

DIE 13. NACHT-SCHICHT

Es regnete. Schon wieder. Es war seine 13. Nachtschicht in Folge. Niemand konnte so etwas auf lange Zeit durchstehen. Nachts ging er Streife, tagsüber versuchte er vergeblich zu schlafen. Wenn man in der Nacht 12 Stunden auf den Beinen ist dann ist man hundemüde. Man fällt morgens ins Bett, und eh man sich versieht befindet man sich tief in Morpheus Armen. Ja, so sollte man meinen. Aber egal wie müde man auch ist, äußere Umstände können einen stets vom wohlverdienten Schlaf abhalten.

Die äußeren Umstände waren in diesem Falle eine Baustelle die direkt vor seinem Schlafzimmerfenster einen Heidenlärm verursachte. Und zwar immer um Punkt Sieben Uhr in der Früh, wenn alle anderen das Haus verlassen hatten und der Nachtwächter gerade von seiner höllischen 12-Stunden-Schicht zurückkehrte. Die Presslufthämmer, die Bagger und nicht zuletzt das Geschrei der Arbeiter riss ihn mehrmals täglich aus dem lebenswichtigen Schlaf, und wenn es für ihn an der Zeit war sich fertig zumachen waren auch die Arbeiter fertig.

Es war der blanke Horror. Eine Zeitlang hatte er es mit leichten Schlaftabletten versucht, dann mit Alkohol, letztendlich mit beidem gleichzeitig. Natürlich fand er so seinen Schlaf, aber das Resultat war das er sich am Abend zu Dienstbeginn wie gerädert fühlte. Kopfschmerzen, Schüttelfrost und ewige Müdigkeit wurden sein ständiger Begleiter. Dazu kam noch das gleich Zwei Kollegen von ihm auf einmal krankmachten. Er hatte in den Sieben Jahren die er nun für den Werkschutz arbeitete noch nie krank gemacht, wenn man einmal von dem Autounfall absah der ihm vor knapp Zwei Jahren ein Schleudertrauma und einen völlig zerdepperten Opel Ascona bescherte. Da hatte er krank gemacht, für genau einen Tag. Am nächsten Tag, oder besser in der nächsten Nacht, stand er mit Halskrause und seiner Kaffeekanne wieder auf dem Hof um seinen Dienst anzutreten.

Jetzt waren seine Kollegen krank, wahrscheinlich hatten sie eine leichte Erkältung, vielleicht auch gar nichts, nur Unlust, was bei dem Scheißwetter auch nicht ausblieb. Er hatte seitdem jeden Abend Schicht. Mehr als Sieben, Vielleicht Acht, Schichten hält niemand aus, zumal die Schicht über 12 Stunden ging. Aber ihm machte das nichts aus, zumindest nicht wenn er gefragt wurde. Er konnte nicht Nein sagen. Es sei denn der Arzt fragte ihn ob ihm etwas wehtat. Es tat ihm alles weh. Sein Kopf, seine Knochen, einfach alles. Wenn er sich morgens ins Bett warf schlug ihm das Herz bis zum Hals. Schnell und stark pumpte der Muskel das Blut durch seinen Körper. Sein Hals schien morgens immer fast zu platzen, so heftig waren die Schläge, obwohl er sich rein körperlich nicht angestrengt hatte.

Die nächtlichen Streifgänge waren für ihn schon so zur Routine geworden dass sie ihn nicht mehr aus der Puste bringen konnten wie sie es am Anfang getan hatten. Er hatte sich daran gewöhnt. Wenn es regnete und der Wind blies gingen seine Kollegen nicht gerne Streife. Er hingegen schon. Dann bestand weniger die Gefahr dass irgendetwas seine Langeweile störte. So auch in dieser Nacht. Den Kragen seiner dunkelblauen Uniformjacke hatte er hochgeklappt, das Barett saß schief auf seinem Kopf und die Stablampe baumelte in dem Ring an seinem Gürtel. Er ging nun bereits seit einer halben Stunde Streife über den fast 10 km² großen Hof.

Überall standen Autos herum. Teure Autos, weniger teure Autos, billige Autos. Autos in allen Farben und Ausstattungen. Das Logistikunternehmen hatte ständig zwischen Acht- und Zehntausend Autos auf dem Riesigen Hof herumstehen. Teilweise standen sie bereits seit mehreren Jahren hier herum, das Gras stand schon bis zur Motorhaube hoch und die Bremsen waren festgerostet. Eine Schande um dieses ganze Geld. Es gab einige Flutlichtstrahler die den größten Teil des Hofes in ein gespenstisches Licht tauchten. Aber einige Ecken waren nicht so gut ausgeleuchtet, und andere Ecken lagen völlig im Dunkeln.

Hier gingen die übrigen Nachtwächter nicht gerne hin, zu groß war die Gefahr von irgendeinem Autoknacker niedergestochen zu werden. Es wäre nicht das erste, und mit absoluter Sicherheit auch nicht das letzte Mal wenn dies passierte. Die Autos standen da, viele ehemalige Verleihfahrzeuge mit kompletter Ausstattung, alle Fahrzeuge waren unverschlossen, aus Versicherungstechnischen Gründen und Kameras gab es nicht. Nur der Nachtwächter der hier Streifgänge machte und ein Pförtner, der allerdings sein Pförtnerhäuschen an der Einfahrt nicht verlassen konnte. Es war ein Kinderspiel hier einzusteigen und Radios mitzunehmen, wenn man kaltblütig genug war. Er hingegen mochte die dunkleren Ecken. Wenn es gar nicht mehr ging konnte er sich hier für ein paar Minuten in eines der offenen Fahrzeuge setzen, den Sitz zurückstellen und für ein paar Minuten die Augen zumachen. Schlaf fand er so keinen, aber wenn die Augen vor Anstrengung wieder einmal brannten, dann konnte es ganz angenehm sein sie für ein paar Minuten zu schließen.

Die dunkelste Ecke lag hinter dem Verwaltungsgebäude. Dort ging ein schmaler Weg entlang der zu den Müllcontainern führte. Dort war es immer stockdunkel, und selbst seine Taschenlampe konnte ihm gerade mal zeigen was unmittelbar vor ihm auf dem Boden vor sich ging. Er schaltete sie ein um nicht in eine der zahlreichen Pfützen zu treten die hier überall über den Boden verteilt waren. Hier fühlte man sich wirklich nicht wohl, selbst ihm gefiel es hier nicht. Gleich neben dem Gelände lag ein stillgelegtes Fabrikgebäude.

Es war teilweise verfallen, die Fenster waren selten noch heil und es wirkte irgendwie Gespenstisch. Unzählige Tiere hatten sich hier niedergelassen, in erster Linie Tauben, Hasen und Ratten. Letztere wurden hier riesengroß, nur der Teufel wusste wovon sie sich in dieser Ruine ernährten. Wenn sich der Strahl seiner Lampe mal auf das Nachbargelände verirrte flatterten die Tiere nervös auf oder liefen aufgeregt hin und her, was die ganze Situation noch unheimlicher machte. Die Stille der Nacht hatte er immer gemocht, aber die leisen Geräusche aus dem Gebäude nebenan schienen laut wie ein Güterzug zu sein wenn sie in die Nacht hinein brachen.

Zwischen dem unheimlichen Gemäuer und dem Hof den der Mann bewachte war nur ein Maschendrahtzaun der an diversen Stellen zahlreiche Löcher hatte, manche davon so groß das ein ausgewachsener Mann locker hindurch schlüpfen konnte ohne sich groß zu verkrümmen. Nervös ging der Nachtwächter nun den schmalen Weg entlang, langsam einen Fuß vor den anderen setzend, immer darauf bedacht seinen Blick nicht nach links zu der alten Fabrik schweifen zu lassen. Denn wenn es dunkel war und man sich ohnehin nicht wohl fühlte, dann spielten die Augen einem gerne einen Streich, und der eingefallene Koloss mit dem überall wuchernden Unkraut und dem achtlos abgeladenen Schutt war geradezu prädestiniert dazu. Wenn er nach nebenan sah, dann sah er mit Sicherheit irgendetwas dass ihm nicht gefallen würde. Und dieses Etwas, das sah ihn in diesem Moment ebenfalls.

Hinter dem Müllcontainer blieb er einen kurzen Moment im Schatten stehen. In der Ferne konnte man bereits wieder die Flutlichtstrahler sehen und der Vollmond warf ein wenig Licht auf die Erde herab. Es war hier nicht ganz so dunkel und auch weniger unheimlich, auch wenn das gruselige Gebäude einen unheilvollen Schatten auf den zu bewachenden Hof warf. Der Nachtwächter tastete nach den Zigarillos in seiner Brusttasche, fand sie und steckte sich eine in den Mund. Rauchen während der Streifgänge war verboten, da das aufglimmen auf mehrere Kilometer zu sehen war und so eventuell unbefugte Personen frühzeitig auf den Wächter aufmerksam machen konnte.

Er hatte diese Regel immer für schwachsinnig gehalten, da die Taschenlampe mit einem weitaus größeren Lichtkegel auf einen aufmerksam machte. Aber Regel hin oder her, im Moment ging er nicht Streife sondern machte eine kleine Pause. Er riss ein Streichholz an, führte es langsam zur Spitze seiner im Mund steckenden Rauchwerks als sein Blick flüchtig zu der Brücke führte die zwei der verfallenen Gebäude nebenan miteinander verband. Hatte er dort etwas gesehen? Ja, mit Sicherheit hatte er das, denn er war müde, mehr als müde. Und er hatte irgendetwas im Körper, eine Erkältung, wenn nicht schlimmeres, und Angst hatte er ohnehin.

Er zwang sich den Blick von der unheimlichen Brücke abzuwenden und zündete sich zitternd seinen Zigarillo an. Er sog den Vanille-Rauch tief in seine Lungen, wartete kurz und ließ ihn dann durch die Nase wieder entströmen. Es tat ihm gut und das Gift in dem Tabak lies Adrenalin durch seine Venen strömen und das hatte er im Moment wirklich nötig, sonst wäre er an Ort und Stelle eingeschlafen. Ein Hase hoppelte an ihm vorbei, er zuckte kurz zusammen, lachte dann aber über sich selbst als er bemerkte was ihn da erschreckt hatte. Der Hase sah ihn kurz an und hoppelte dann weiter, direkt auf das Nachbargelände zu, durch den Zaun und blieb dann reglos auf einem freien Platz nebenan sitzen.

Der Nachtwächter beobachtete das kleine Tier während er an den Müllcontainer gelehnt dastand und seinen Zigarillo rauchte. Der Hase gefiel ihm. Irgendetwas knackte. Kurz dachte er an die vielen Tiere nebenan, als das leise Knacken in einen gewaltigen Lärm um schwang und sich ein fast Menschengroßes Stück Metall von der Brücke nebenan löste und krachend auf den freien Platz nebenan herabfiel. Der Hase sprintete sofort los und entkam dem riesigen Stahlteil das dort auf den Boden krachte.

Das Herz des Wächters pumpte jetzt wieder bis zum Hals. Er war hellwach, knipste seine Lampe an und richtete, wider besseres Wissen, auf die Brücke auf dem Nachbargelände. Dort oben stand jemand. Er war groß und unheimlich. Er stand einfach da und starrte auf den Nachtwächter herab. Der Unheimliche Fremde schien ihn anzulächeln, machte allerdings keine Anstalten sich zu bewegen. Jedenfalls nicht solange der Wächter den Lichtstrahl auf ihn gerichtet hatte.

Dies war allerdings nur ein kurzer Augenblick, denn den Mann packte die Angst. Er warf hastig seinen Zigarillo weg und rannte fort. Er rannte und rannte, das Blut schoss durch seinen Körper. Wie weit war es noch bis zum Wachhaus? Vielleicht zwei, Vielleicht auch drei Kilometer. Er blieb kurz stehen um sich umzusehen. Er blickte wieder zu der Brücke hoch, aber der Fremde war weg. Hatte er sich das alles nur eingebildet? Nein. Denn nun stand der Fremde auf dem Hof, vielleicht hundert Meter hinter ihm. Als der Wächter ihn sah stieß er einen kurzen Schrei aus. Wieder stand der Fremde einfach nur da und starrte ihn an. Es war keine Einbildung. Der Wächter lief davon.

Bereits nach wenigen hundert Metern begann seine Seite zu stechen. Er drehte sich kurz um. Er erschrak. Der Fremde kam ihm hinterher. Er rannte nicht, aber er war dennoch recht schnell und kam immer näher. Ein Auto! Er musste sich ein Auto nehmen und damit zum Wachhaus fahren. Die Polizei alarmieren. Da fiel ihm wieder sein Funkgerät ein. Er drückte auf den Knopf um Kontakt mit dem Pförtner aufzunehmen. Er sollte die Polizei rufen, so schnell es ging. Er drückte den Knopf zum Sprechen und rief den Namen des Pförtners hinein. Keine Antwort. Er spurtete mit letzter Kraft auf einen Audi A4 zu, riss die Türe auf und sprang auf den Sitz. Mit dem Ellbogen drückte er den Knopf zum verriegeln herunter. Wäre er aufmerksamer gewesen hätte er gemerkt dass die anderen

Knöpfe nicht herab gingen, die Zentralverriegelung funktionierte nicht mehr.

Der Wagen stand schon so lange auf dem Gelände das sich die Batterie entladen hatte. Dennoch suchte er nach dem Zündschlüssel und fand ihn auf dem Beifahrersitz. Er blickte kurz in den Seitenspiegel, aber er konnte den unheimlichen Verfolger nicht erblicken. Mit zittrigen Fingern fummelte er den Schlüssel in das Zündschloss und drehte ihn um. Der Wagen surrte langsam, sprang aber nicht an. Jetzt erkannte er die Situation. Die Batterie war leer, der Verriegelungsknopf auf seiner Seite unten, und er in einem Toten Auto eingesperrt während irgendjemand hinter ihm her war.

Er versuchte nervös den Knopf zu packen um den Wagen wieder zu öffnen und zu fliehen, aber seine schweißnassen Finger bekamen den Knopf nicht zu fassen. Immer wieder rutsche er ab. Nervös sah er sich um. Von dem Fremden fehlte jede Spur. Vielleicht hatte er sich das alles doch eingebildet, seine Fantasie hatte ihm einen Streich gespielt. Er konnte den Fremden nirgends auf dem Hof erblicken.

Dann zuckte er zusammen. Er warf einen kurzen Blick in den Rückspiegel und stellte fest dass jemand auf dem Rücksitz saß. Er brüllte, er schrie, er tobte, aber nichts half. Die Türe ließ sich nicht öffnen. Der Fremde saß hinter ihm auf dem Sitz und starrte ihn an. Plötzlich bemerkte der Nachtwächter eine Hand auf seiner Schulter die ihn packte und rüttelte.

Er schrie auf, brüllte vor Panik. Und erwachte. Es war der Pförtner. Er stand neben dem Wagen, hatte die Türe geöffnet und rüttelte an dem Nachtwächter der auf dem Fahrersitz eines Audi A4 saß und offenbar, zum ersten Mal in seiner langjährigen Dienstzeit, wirklich fest eingeschlafen war.

TOTE SCHLAFEN NIE

Der Dr. Capone zog die schwere Stahltür zum Leichenkeller auf. „Was mach ich eig. hier?" er kratze sich am Kopf und ging weiter auf die Stahlgräber – wie er sie nannte – zu. Er hatte ein flaues Gefühl im Magen, irgendwas war anders als sonst, Dr. Capone wusste nicht dass dies seine letzte Stunde sein würde.

Alles soweit normal dachte er sich, er wand sich von Amandas Leiche ab um seine Notizen zu machen. Ein schrecklicher Schrei der so abartig war das sich Dr. Capone die Ohren zuhielt. Es klang wie ein Schrei von jemandem der keine Zunge hatte. Dr. Capone erstarrte bei diesem Gedanken. Einige Sekunden später drehte er sich zum Tisch auf dem Amanda liegen sollte um und stellte fest das sie nicht mehr dort war. Ihre Hände griffen gezielt zu und drückten immer weiter zu, Dr. Capone wehrte sich zuerst aber ging relativ bald zu Boden wie ein nasser Sack Sand.

Amanda bahnte sich ihren Weg nach draußen der Zettel mit ihrem Namen und dem Aktenzeichen hing immer noch an ihrem rechten Zeh. Das weiße Leichentuch fest um ihren Körper gewickelt ging sie nach Hause. Sie duschte sich, zog sich an und entschied sich etwas einzukaufen. Amanda wusste nicht das das FBI schon längst hinter ihr her war und nicht nur das FBI.

Andy zog die schwarze Lederjacke enger und verschränkte die Arme, es war höllisch kalt so paradox dieser Ausdruck auch war. Er schüttelte den Kopf es war nicht die richtige Zeit für Gedanken wie diesen.

Amanda kam aus der Haustür, nun musste Andy sich zusammen nehmen sonst war sein Leben gelaufen. Er folgte ihr auf Schritt und Tritt er durfte sie nicht verlieren. Es war bereits spät und noch kälter geworden, Andy musste den richtigen Zeitpunkt abwarten. Er fror sich schön langsam den Allerwertesten ab und nicht nur den.

Dann der richtige Moment war gekommen, Amanda legte sich schlafen, endlich. Andy quetschte sich durch den engen Spalt des offenen Fensters und versuchte dabei möglichst keinen Laut von sich zu geben. Er stand vor ihr, sie lag vor ihm wie ein schlafender Engel mit ihrem blond gelockten Haar. Ihr Körper wirkte noch perfekter als er es am Tag schon tat. Andy schüttelte energisch den Kopf und sagte sich, nein Andy konzentrier dich verdammt nochmal du musst es tun.

Er zog eine gefüllte Spritze aus der Innentasche seiner Lederjacke, er zog die Schutzkappe ab hielt Amandas Kopf fest und spritzte ihr das Narkotikum direkt in die Halsschlagader. Amanda sprang auf und wollte Andy erwürgen doch bevor sie das tun konnte wurde ihr schwarz von den Augen. Andy kauerte in der Ecke sein Puls raste die Hände immer noch schützend um den Hals ging er auf den leblos wirkenden Körper von Amanda zu und stupste sie mit dem Fuß an. Ihm fiel ein Stein vom Herzen als sie sich nicht regte.

Amanda kam langsam wieder zu sich, sie war in einem schwarzen Raum, als sie an sich runter sah merkte sie, dass sie keine Hände mehr hatte. Zusammengekauert und völlig verstört saß sie in mitten der Dunkelheit, sie fragte sich schon längst nicht mehr was eigentlich los war. Nach einiger Zeit öffnete sich eine Tür die man im Raum nicht als solche wahrnahm.

Zwei große kräftige, schwarz gekleidete Männer kamen in den Raum und hinter ihnen dieser Kerl,

Amanda kannte ihn aber woher? Sie musste kurz überlegen dann kam es ihr, es war der Typ der ihr irgendwas gespritzt hatte. Im ersten Augenblick wollte sie auf ihn losgehen, aber wie? Sie hatte ja keine Hände mehr, Amanda zügelte ihren Zorn und blieb hocken, sie konnte nichts anderes tun als abwarten.

Andy ging auf Amanda zu, beugte sich zu ihr runter und musste all seinen Mut zusammen nehmen um nicht wie ein kleiner Junge dem sein Spielzeug weggenommen wurde zu heulen, er hatte Angst. „Na wie fühlt sich das an so ganz hilflos?", jeder der nicht ganz zurückgeblieben war hörte die Angst in Andys Worten. „Wie fühlst sich das an, Andy die Angst im Nacken zu haben?", sie sah die Angst in seinen Augen, Amanda wusste er würde das nicht lang aushalten. Andy wurde aggressiv und holte zum Schlag aus, doch bevor er zuschlagen konnte packten ihn Patrick und Georg und zogen ihn von ihr weg. Patrick schüttelte Andy „Hör auf du weißt der Boss braucht sie.". Das waren die ersten Worte die Andy von Patrick hörte, er dachte immer Patrick wäre entweder zu blöd zum reden oder einfach Stumm. „Lasst mich mit ich alleine Jungs ich schaff das schon!" bluffte Andy die beiden an. Georg und Patrick gingen aus dem Raum wie Andy es ihnen gesagt hatte.

Andy drehte sich zu Wand und fühlte sich sicher, zumindest irgendwie, als ihn plötzlich Amanda gegen die Wand drückte und ihm die Halsschlagader aufbiss. Andy sackte zusammen und lag schließlich leblos auf dem Boden.

Amanda fand langsam gefallen am Morden, es ist ein Hochgefühl wenn durch einen selbst ein Leben erlischt.

SCHRECKEN IN DER NACHT

Es ist Mitternacht im Dorf Müllenbach. Die Straßenlampen sind erloschen und es herrscht Stille. Am Ende einer dunklen Straße steht ein großes Haus. Wie ein großer Schatten, zeichnet es sich vom Sternenklaren Himmel ab. In diesem Haus, lebt eine junge Frau mit 23 Jahren. Sie ist ganz alleine und wartet darauf, dass es hell wird. Ihr Mann hat Mitternachtsschicht und Kinder besitzen sie nicht. Sie hasst es alleine zu sein, erst recht in diesem neuen Haus.

Dies ist ihre erste Nacht, die sie dort alleine verbringt und gleichzeitig die schrecklichste, die sie je durchgemacht hat. Es beginnt damit, dass die Frau, sagen wir mal Sabine, schrecklichen Durst bekommt und aufsteht, um sich ein Glas Saft zu trinken. Sie macht das Licht an und geht die Treppe hinunter. In der Küche schüttet sie sich etwas ein und trinkt, bis sie ihren Durst gelöscht hat.

Gerade will sie wieder hinauf, da hört sie ein lautes Gepolter, das die Treppe hinunter kommt. Sie hält den Atem an und bleibt wie angewurzelt stehen. Was ist dort wohl die Treppe hinuntergefallen? Ist es ein Dieb, eine Katze, eine antike Vase, die ohne Grund umgefallen ist? Soll sie nachsehen, oder sich verstecken? Sie entscheidet sich nachzuschauen, da es mit Sicherheit einen harmlosen Grund für diesen Lärm gibt.

Vorsichtig öffnet sie die Küchentür und schaut in den Flur. Es ist stockdunkel, und sie ist sich doch sicher, dass sie das Licht angelassen hatte. Sie tastet nach dem Lichtschalter, doch der funktioniert nicht. Stromausfall. Auch das noch. vorsichtig tastest sie sich zur Treppe und stolpert beinahe über etwas, was vor ihren Füßen liegt. Es ist weich und gibt unter ihren Füßen nach. Sie beugt sich hinunter und fühlt nach, was es ist. Sie fühlt Stofffetzen und tastet weiter. Dann ist es plötzlich kalt und weich und dann hat sie plötzlich Fell oder Haare in der Hand. Sie erschauert und weiß nun, was sie dort vor sich liegen hat.

Es war ein Mensch, und zwar keiner Lebender sondern ein Toter. Ihr wird übel und sie hat das Gefühl sich zu übergeben, doch es bleibt ihr im Hals stecken. Ein Schauer läuft ihr am Nacken hinunter. Schnell will sie zurück in die Küche rennen um sich dort zu verstecken, doch die Tür klemmt und sie kommt nicht hinein. Sie wird Wahnsinnig. Alles in diesem Haus spielt verrückt. Sie kriecht in eine Ecke und versteckt sich dort. Eine Stunde, zwei Stunden, nichts rührt sich. Hat sie sich etwa nur alles eingebildet? Oder ist der Alptraum zu Ende? Vorsichtig kriecht sie wieder aus der Ecke hinaus und betätigt den Lichtschalter.

Das Licht geht wieder, die Leiche ist auch weg und die Tür zur Küche klemmt auch nicht mehr. Alles war nur eine Einbildung. Erleichtert geht sie die Treppe hinauf, in ihr Schlafzimmer und legt sich ins Bett. Sie hat eine unruhige Nacht und kann kaum schlafen. Als sie aufwacht, ist helllichter Tag. Sie dreht sich zur Uhr um. Es ist um 02:00 Uhr und ihr Mann müsste schon lange da sein. Sie dreht sich um, um nachzusehen, ob er im Bett liegt. Was sie dort sieht lässt sie vor Schreck fast sterben. Sie schreit, einen erschrockenen Schrei.

Sie rast aus dem Bett, rennt die Treppe hinunter, hinaus auf die Straße und fährt im Nachthemd davon. Das Haus betrat sie nie wieder, da sie vom Schock einen Unfall baute und dabei ums Leben kommt. Ja, ihr Mann lag neben ihr, doch nicht mehr lebendig sondern Tod. Man hatte ihn umgebracht, und sie hatte neben ihm geschlafen.

Anmerkungen des Autors:

Sie können mit mir sehr gerne in Kontakt treten, entweder per Post, E-Mail oder Telefon. Mich können Sie auch auf folgender Website www.sandrohuebner.de finden und kontaktieren. Meine Kontaktdaten sind auf der Website hinterlegt. Wenn Sie mir was Spenden wollen, teile ich Ihnen gerne meine Bankverbindung mit. Kleine Spenden sind gern gesehen.

Desweiteren sind meine anderen Bücher, wie diese hier unten aufgeführt werden, bereits überall erhältlich – auch bei mir, mit Autogrammwunsch. Für meine E-Book Liebhaber, teile ich gerne mit, dass alle meine Bücher auch für jeden E-Book-Reader erhältlich sind.

- SAD SONG - Trauriges Lied -
- Juliette und Taddei eine Liebe forever
- Rückkehr eines träumenden Delfins

Autor: Sandro Hübner
Titel: SAD SONG
                   - Trauriges Lied -
Genre: Kriminalroman
Seitenanzahl: 66
ISBN: 978-3-7407-3007-9
Verlag: TWENTYSIX

John Blaine, Privatdetektiv in Dublin, ist zwar cle-
ver, aber weder in finanziellen Dingen noch in der
Liebe besonders erfolgreich; seine Frau hat ihn
gerade verlassen.

Endlich erhält er ein lukrativen Auftrag: Ein rei-
cher Bauunternehmer engagiert ihn, die entlaufene
Tochter wieder zurückzubringen. Aber Blaine
schlägt sich auf die Seite der Tochter, gegen seinen Auftraggeber. Der will das Mädchen zwecks
Sanierung des eigenen Unternehmens mit dem
Sohn des Geschäftspartners verheiraten. Für seine Ritterlichkeit muss der Detektiv einiges einste-
cken, bevor sich sein Glück doch noch wendet und
er in ein finsteres Geheimnis aufdeckt, das dem
Vater ein für alle Mal die Lust nimmt, die Tochter
mit Gewalt zurückzuholen . . .

Autor: Sandro Hübner
Titel: Juliette und Taddei eine Liebe forever
Genre: Liebesroman
Seitenanzahl: 68
ISBN: 978-3-7407-3030-7
Verlag: TWENTYSIX

Ein Stipendium für die Kunstakademie in New York! Übermütig springt Juliette über die Dampfschwaden, die aus einem Gully steigen, und lächelt den Brezelverkäufer an der Straßenecke an. Und sie spürt es ganz genau: In diesem Jahr ist alles möglich. Etwas wird mit ihr geschehen – etwas Wunderbares . . .

Autor:	Sandro Hübner
Titel:	Rückkehr eines träumenden Delfins
Genre:	Roman
Seitenanzahl:	56
ISBN:	978-3-7407-3399-5
Verlag:	TWENTYSIX

Zehn Jahre sind vergangen, Daniel Alexander lebt mit der Delfinfrau Leena zusammen. Als sie ihm eröffnet, dass er Vater wird, gerät Daniel Alexander in ein Wechselbad an Empfindungen: Freude, Aufregung, aber auch Angst vor der Verantwortung der eigenen Jugend. Daniel Alexander muss noch einmal aufbrechen – allein, zu einer Reise mit offenem Ausgang. Er begegnet alten Freunden wieder, übersteht Gefahren und erfährt die ganze Schönheit der Welt unter Wasser. Und am Ende einer Odyssee ist er endlich bereit für die größte und schönste Aufgabe seines Lebens.